백의 자리, 천의 자리로 나아가는 시작점이 '일의 자리'인 것처럼,
우리가 사는 사회를 구성하는 기초 단위는 일자리입니다. 발코니
출판사 〈일의 자리〉 시리즈는 세상을 더 크게 만들 당신의 모든
일자리를 다룹니다.

〈일의 자리〉는 영리 단체와 비영리 단체, 소득이 있는 일과 없는
일, 명함이 발급되는 일자리와 스스로가 브랜드인 일자리 등
경계를 두지 않습니다. 각자의 자리에서 각자의 몫을 다하는
사람이라면 누구든 '일하는 사람'입니다. 〈일의 자리〉는 결국 우리
모두의 이야기입니다.

# 글쓰기의 기쁨과 돈벌이의 슬픔

------------------------------------

처음엔 그저 한 권으로 끝날 에세이였다. 하고 있는 일, 그동안 해왔던 일을 전체적으로 정리해보고 싶었다. 글쓰기를 직업으로 삼는다면 어떤 일들을 겪을 수 있는지 책으로 묶어두는 게 목적이었다. 사소한 사건부터 시작해 인터뷰 때 만난 사람들, 꿈을 이룬 순간과 좌절한 순간 등을 담아낸 직업 에세이 한 권을 머릿속에 그려나갔다.

    그런데 한 편씩 글을 쓸수록 내 과거는 내가 생각했던 것보다 더 다채로웠다. 작다고 생각한 기쁨은 지구만큼 컸고, 얕다고 생각한 슬픔은 바다보다 깊었다. 책으로 정리해보지 않았다면 깨닫지 못했을 사실이다. 그렇게 예닐곱 꼭지를 썼을 때 결심했다.

한 권으로 끝낼 게 아니라 계속 이어보자고. 자신이 하고 있는 일을 텍스트로 정리할 사람들을 더 찾아보자고. 그렇게 〈일의 자리〉 시리즈 기획을 시작했다.

시리즈물 첫 집필을 맡았다. 드라마도 첫 화가 중요한 것처럼 시리즈물 역시 첫 작품이 중요하다. 사람들의 기대치를 어느 정도까지 올려놓느냐가 이 책에 달렸으니 계속 긴장했다. 그렇다고 이 부담감을 다른 작가님들께 안겨드릴 순 없었다. 출판사 운영자이자 시리즈 기획자인 내가 먼저 발을 내딛어 보기로 했다. 잘 되면 다행이고 못 되면 내 탓을 할 수 있으니 잃을 건 없다.

첫 시리즈 『몇 줄의 문장과 몇 푼의 돈』은 글 쓰는 직업에 관한 이야기다. 흔히들 '글 쓰는 직업' 하면 시인, 기자, 소설가, 매거진 에디터 등을 생각한다. 하지만 글을 쓰고 깁는 직업군은 훨씬 더 다양하다. 블로그 바이럴 홍보를 맡는 사람, 회사의 사보를 쓰는 사람, 정치인의 말과 글을 쓰는 사람, 누군가의 글을 다듬는 사람 등 '세상에 이런 일이?'의 연속이다. 그리고 그 일을 두루두루 해본 사람이 바로 여기, 이 책을 쓰고 있다.

대학생 때 교내 언론사에서 일했다. 그때 다들 하던 푸념 중 하나가 "할 줄 아는 게 글쓰기밖에 없어서 기자 아니면 뭐 할지 걱정이다"였다. 그때의 우리에게 글 쓰는 직업이 얼마나 다양한지 세세히 알려주는 선배가 있었다면 어땠을까. 갑자기 희망으로 가득 차오르진 않겠지만, 그래도 불투명한 미래에 대한 짐을 한 줌이나마 덜 수 있지 않았을까. 이 책은 그 마음에서 출발했다.

앞으로 책에서 여러 번 반복될 이야기겠지만, 이 책이 '글 쓰는 사람=똑똑한 사람'이라는 일종의 편견을 벗겨줬으면 한다. 글을 잘 쓰는 사람은 그냥 글을 잘 쓰는 사람일 뿐이다. 누군가는 글이 아닌 말로 자신의 생각을 잘 표현할 것이며, 또 누군가는 글과 말이 아니라 머릿속에서 혼자만의 논거를 탄탄히 묶어가고 있을 것이다. 글 쓰는 사람들은 그 과정을 그저 활자를 통해 옮기는 데 능할 뿐, 다른 사람보다 뛰어나거나 지성이 풍부하지는 않다. 글쓰기를 업으로 삼았던 사람이 얼마나 혼자 방황하고 부딪쳤는지 이 책을 통해 보면서 '역시 사람 사는 건 다 똑같구나'라고 생각해주셨으면 좋겠다.

여러 글을 쓰면서 돈을 벌었고 지금은 발코니 출판사라는 1인 출판사를 운영한다. 글쓰기의 기쁨에는 항상 돈벌이의 슬픔이 따라왔지만, 이제는 돈벌이의 기쁨도 아주 조금씩 찾아 나가고 있다. 흔히들 꿈과 현실은 낙차가 크다고 하던데 틀린 말은 아니었다. 그러나 그 낙차를 조금이나마 좁혀보려고 매일 안간힘 쓰는 중이다. 이런 시간을 이 책에 기록해두었으니 부디 여러분께 잘 녹아들길 바랄 뿐이다.

지금 자리한 곳이 어느 곳이든 언제든, 이 책을 펼쳐주셔서 고맙습니다. 여러분께는 글쓰기의 기쁨만 가득한 세계가 펼쳐지길 바랍니다. 언젠가 그 세계에서 우리 또 만나요.

2021년 가을, 희석 드림

## Level 1.

내 마음의 상소문
혼자 잘났다 생각하지 말 것
기록으로 맞설 사람들
짜잔! 사실 이게 더 재밌지롱!
합을 맞춰 나아간다는 것

## Level 2.

아무 말 올림픽
너 지방대 출신이잖아!
기자는 아닌데요, 기자입니다
추하게 늙지 않으려면
옥수수밭의 예술가
이게 된다고? 이게 되네?!

## Level 3.

안녕하세요, 정의당입니다
여의도, 국회, 정당
말과 글이 만들어지는 과정
내 귀에 도청 장치
자격 지심과 인정 욕구

---

## Level 4.

발코니, 부전승 인생
투고할게요, 근데 거긴 어디죠?
책 한 권과 파이 나누기
오래도록 사랑할 일


추천의 말 :
[주의] 이 초콜릿에는 위스키가 들어있습니다

Level 1.

# 내 마음의 상소문

------------------------

각자의 이유로 글을 쓴다. 행복한 감정을 상세히 남기고 싶을 때, 고민을 글로 정리해서 읽어보고 싶을 때, 우울할 때, 화가 날 때 등 글을 쓰고 싶은 순간은 사람마다 다르다. 나에게 그 순간은 대개 울화통 때문이었다. 울화통의 '울화'는 마음속이 답답해 일어나는 화를 뜻하는데, 이 울화통을 마음에 품고 글을 쓴 최초의 시기는 10살 무렵이다.

점심시간 후였고, 수업이 시작되자마자 졸음이 밀려왔다. 그때는 지금과 다르게 또래보다 키가 컸기에 교실 뒤편에 앉았던 나는 선생님 목소리를 백색 소음 삼아 꾸벅꾸벅 졸기 시작했다. 그러다 갑자기,

"야 안희석, 나와!"

정신이 퍼뜩 들어 교실 앞으로 나갔더니 선생님은 회초리를
들었다. 체벌이 용인되던 시기였기에 나는 당연하다는 듯
손바닥을 앞으로 내밀었다.

"너 왜 맞는지 알지?"
"네…"
"왜 맞는데?"
"졸아서요."
"거짓말하지 말고!"

네? 졸아서 졸았다고 하는데 거짓말이라니요. 이해할 수
없어서 빤히 바라보니 선생님은 더 크게 소리쳤다.

"이게 뭘 잘했다고 선생님 눈을 똑바로 뜨고 봐?"

선생님 바라보는 것도 뭘 잘해야 할 수 있나보다. 쳐다보지
말라길래 친구들이 있는 쪽으로 고개를 돌렸다. 그때, 내 앞자리
남자애 두 명이 슬며시 일어났다.

"선생님, 저희가 그랬어요…"

그러니까 선생님이 칠판에 뭘 쓰는 동안 앞자리 친구들이 큰 소리로 키득거렸고, 선생님은 그 소리 출처가 나였다고 생각한 것이다. 왜 하필 나로 특정했는지 지금도 이유를 모른다. 어쨌든 두 친구의 양심선언 덕분에 나는 살았구나 싶어 들어가려는데, 선생님은 내 목덜미 옷자락을 잡아당겼다. 목이 졸려 켁켁거리며 멈춰섰다.

"네가 졸지만 않았어도 금방 해결될 문제였는데 너 때문에 수업 시간을 이렇게 낭비해서야 되겠어? 손바닥 대!"

지금은 이런 선생님이 없겠지만(없어야 한다) 당시에는 꽤 있었다. 어린이 앞에서 실수하는 건 창피한 일이라 생각해 도리어 그 화를 어린이에게 푸는 어른들이 많았다. 그도 그런 어른 중 한 명이었고, 어린이인 내가 할 수 있는 건 그저 손바닥을 내미는 것뿐이었다. 정확히 몇 대였는지는 기억나지 않지만, 꽤 많은 횟수의 회초리질이 손바닥 위로 이어졌다. 그것도 떠든 친구들은 불러내지 않고 오로지 나만 맞았다.

집으로 돌아와서 저녁을 먹어도 분이 풀리지 않았다. 떠든 장본인이 자백까지 한 마당에 왜 꼭 나만 맞아야 했는지, 왜 나만 교실 앞에서 죄인이 돼야 했는지 이해가 안 됐다. 방 안에 앉아 속에서 혼자 싸우고 있을 때, 책상 위 일기장이 보였다. 역사 시간에 배운 상소문이 생각났다. 우리 선조들은 백성 마음을 헤아리지 못하는 왕에게 긴 서신을 보내 직언하지 않았던가(그러다 목이 베인 충신들은 까맣게 잊고 있었음). 나도 선생님께 매일 제출하는 저 일기에 억울함을 풀어보고자 했다. 왕에게 상소문 올리듯 또박또박 오늘의 부당함을 써내려갔다. 일기 마지막 부분에 다음과 같이 썼다.

'이런 이유들로 봤을 때 내가 졸았던 건 잘못이 맞고 죄송하다. 그런데 거짓말쟁이로 몰린 건 이해가 잘 안 된다. 선생님도 이런 사실을 다 아는데 그냥 창피해서 화 풀 사람이 필요했던 것 같다. 선생님은 꼭 우리 아빠 같다. 아마 선생님도 이 일기를 읽으면 마음이 무겁지 않을까. 선생님, 찔리시지 않나요?'

돌이켜 생각해보면 너무 천진했다. 일기에 속마음을 쓰고, 그 속마음을 선생님께서 읽은 후에 서로 오해를 풀고 사과하는 그림을 '감히' 그렸다는 게 안쓰럽다. 쉬는 시간에 틈틈이 일기를 검사하던 선생님은 그날 나에게 아무 말도 하지 않았다. 나는 내심 선생님이 편지라도 쓰셨을까 기대했다. 하루 치 수업이 끝날 무렵 각자의 일기를 돌려받았는데, 내 일기장엔 '참 잘했어요' 도장도, 선생님의 코멘트도 없었다.

빨간 색연필로 V자 표시만 있었다. 시험지를 채점하면 틀린 문항에 표기되던 그 V자였다. 틀린 일기라는 건지 틀린 말이라는 건지 모르겠지만, 좋은 의미는 아니라는 건 확실히 알았다.

알 수 없는 기분을 안고 집으로 돌아가니 엄마가 심각한 표정으로 소파에 앉아있었다. 엄마는 내가 현관을 다 건너기도

전에 일기장부터 달라고 했다. 주섬주섬 꺼낸 일기장을 급하게
처리해야 하는 물건처럼 가져간 엄마는 계속 한숨을 쉬며
일기장을 읽고 또 읽었다. 역시 뭔가가 잘못됐구나. 선생님도 그저
그런 어른이었구나. 나는 현관에서 신발도 벗지 못하고 가만히 서
있었다.

　엄마 말로는 오후쯤 선생님으로부터 전화가 왔었다고 한다.
애가 버릇이 없다, 가정교육이 잘못되고 있는 것 같다, 애 아빠가
어떤 사람이냐, 애가 벌써부터 자기주장이 강하면 안 된다,
당돌하다, 어린이답지 않다 등 으레 어린이의 보호자가 듣기에는
가슴에 돌덩이가 들어서는 듯한 말을 엄마는 통화 내내 들어야
했다.

　그러나 엄마는 나를 크게 혼내지 않았다. 대신 어른들에게,
특히 선생님에게는 이런 말을 하면 안 된다고 여러 번 당부했다.
선생님 말씀은 무조건 맞다며, 학생은 선생님께 말대꾸하면 안
된다고 했다. 그때도 지금도 나는 엄마를 이해한다. 가정을 자기
액세서리쯤으로 여기는 생물학적 아버지 때문에 독박육아와
독박가사노동 등 온갖 노동을 홀로 수행했어야 할 엄마로서는
더 이상의 분란을 만들고 싶지 않았을 것이다. 권위적인 선생님
사고방식을 바꾸는 것보다 당장 눈앞에 있는 열 살 어린이의 입을
단속시키는 게 훨씬 효율적이라고 여겼을 것이다.

　처음엔 '역시 어른들은 다 똑같구나' 싶어 마음이
어지러웠는데, 시간이 조금씩 지날수록 오히려 개운한 기분이

들었다. 어떤 문제에 대한 의견을 입으로 전하면 항상 애들은 조용히 하라거나 가만히 있으라는 말에 가로막혔지만, 이렇게 글로 쓰면 적어도 전달은 가능했다. 나는 선생님 덕분에, 정말로 그 선생님 덕분에 글이 가진 힘을 깨달았다. 그때부터는 검사용 일기에 쓰지 못한 당신의 부당함을 별도의 공책에 하나씩 기록했다. 차마 전할 수는 없어도 어딘가에 내 마음을 있는 그대로 풀어낼 수 있다는 사실만으로도 위로가 됐다.

이후로도 내가 글을 쓰고 싶은 순간은 못마땅한 걸 보고 느꼈을 때, 바뀌어야 하는 무언가가 있을 때 등 울화가 터질듯할 때 찾아왔다. 어쩌면 이 책 역시 그 선생님 덕분에 쓸 수 있는 걸지도 모르겠다. 우연한 기회로 그를 어디선가 만난다면 꼭 책을 전해드리고 싶다. 사인도 곱게 넣고 마지막엔 나도 빨간 색연필로 V자 표시를 하나 그려드려야겠다.

선생님, 찔리시지 않나요?

# 혼자 잘났다 생각하지 말 것

-----------------------------------

글쓰기가 위로의 도구이긴 했지만, 이걸로 밥벌이를 해보겠다고는
전혀 생각하지 않았다. 지금은 유튜브보다 책이 더 좋은 나도
어렸을 땐 1년 동안 책 한 권을 다 읽지 못했다. 누군가 강요하는
일은 일단 반대부터 하는 성격이었던 내게, 독서 강조 교육 문화는
책에 대한 반감만 키울 뿐이었다. 당시 선생님들이 "너 책 안
읽으면 이상한 사람 된다?"라며 유치하게 겁줄 때, 나는 "이상한
사람이 되고 싶은데용?"하고 더 유치하게 맞서는 꼴이었다.
여러모로 서로에게 효과적이지 않던 교육법이다.

그렇게 독서 기본기가 전혀 갖춰지지 않은 채로 나는 대학교
유전공학과에 입학했다. 맞다. DNA 일부를 자르고 접합하는
이론과 유기화학 지식 등을 배우는 그 유전공학과다. 물론 원해서

간 건 아니다. 2000년대 후반 대입 수험생 중 과반이 그렇듯
나 역시 적성과 진로가 아닌 성적에 맞춰 대학에 들어갔기에,
되는대로 입학했다.

이 성적에 우리 지역 대학에 들어갈 수 있네?! 4년제네?! 성적
넣어보니 안정권이네?! 그럼 이제 나도 대학생?! 뭐 그런 식이다.

우리 학과에 간절한 마음으로 들어온 친구들을 비웃고 싶은
마음은 전혀 없다. 그러나 나는 정말 저런 식으로 학교에 들어가
버렸다. 그러니 당연히 학과 친구들과도 잘 어울릴 수 없었고
겉돌기만 했다. 대학교 안에서 "쟤는 왜 항상 우리랑 못 어울리고
혼자 돌아다니는 거지?" 에서 '쟤'를 맡고 있었다.

어중간한 상태로 시작한 일들은 언제나 어중간한 상태로
이어질 뿐이었다. 군입대와 워킹홀리데이까지 가며 겨우
막아냈던(?) 대학 생활을 다시 시작한 뒤 2학년을 마치려던 시점엔
이미 스물네 살이었다. 도대체 나는 왜 사는가에 대한 회의에
빠졌을 때(당연히 이런 철학적 사고가 가능했던 건 공부 빼고 다 재밌는
시험 기간이었기 때문) 불현듯 일기장 상소문이 생각났다. 빨간 V자
표시로부터 시작된, 내 마음의 상소문들. 그래, 나는 글쓰기를
좋아했으니 글을 써서 돈을 벌자!

너무 단순해서 어이없지만, 지긋지긋한 생명과학대 건물에서
벗어날 수만 있다면 어떻게든 해낼 수 있을 것 같았다. 글 쓰는
직업을 갖겠다는 섣부르고 다급한 결론 덕분에 그날의 시험공부는
모두 멈춤 상태로 됐다. 도서관 컴퓨터실에 앉아 학교 홈페이지를

둘러봤다. 인문대학 쪽 학과 소개를 펼쳤다. 문예창작과와 국어국문학과가 있었다.

'문학? 아니야… 문학가는 돈 못 번다며… 난 돈도 많이 벌고 싶단 말이야….'

따위의 철저한 황금만능주의적 시선으로 페이지를 닫아버렸다. 그 후 열어본 곳이 사회과학대 신문방송학과. 기자는 월급을 받으니 승진도 있을 것이며, 그건 곧 글을 쓰면서 돈도 벌고 사회생활도 할 수 있는 최적의 시나리오 아닌가. 망설일 이유가 없었다. 그날 이후 내 마음은 이미 신문방송학과 복수전공생이었다. 아예 과를 바꿀까 생각도 했지만, 혹시나 싶어 복수전공을 신청했다. 유전공학과는 당시 교내 취업률 1위에 제약회사와 산학 협력도 잘 이뤄지고 있어서 이도 저도 안 되면 다시 돌아오자는 심정이었다. 하지만 지금 책 지은 돈으로 밥 짓고 사는 걸 보면 처음 열어본 인문대학에 가는 게 맞았나 싶기도 하다.

어쨌든 삶은 새로운 결로 흘러갔다. 신문방송학과 과제나 시험은 글쓰기가 기본이었고, 울화통의 연장선인 내 글은 학과 성격에도 꼭 맞았다. 어울리지 못하고 겉돌기만 하던 내향형 인간에게 이런 하늘이 베푼 타이밍이 자꾸 반복되면

'이런 나, 사실 학과 생활 꽤 잘하는 사람 아닐까? 알고 보니 나도 외향형 인간?!'

하고 착각하는 순간이 온다. 내가 그 순간을 만난 건 하필

내 앞에 소속 대학언론사의 신문이 놓여져 있을 때였고, 나는 그걸 펼쳐버렸으며, 신문 1면엔 '수습기자를 모집합니다' 광고가 반짝반짝 빛나고 있었다. 기왕 기자가 되기로 했으니(기자가 정확히 어떻게 일하는지도 모르면서) 그날 바로 지원서를 넣었다.

경력 같은 신입이라는 인적 가성비가 유행하던 탓에 냉소와 개인주의가 대학가 최고의 미덕처럼 여겨지던 이명박근혜 정권 시절이었다. 이에 대학 신문, 대학언론사 등이 품던 '뜨거움' 따위는 스펙업과 취업 전선에 하등 도움 되지 않는 유치한 감상으로 치부되고 있었다. '대학 신문? 저걸 누가 봐? 배달 음식과 테이블 사이 오물 방어막 정도 아닌가?'라고 생각하는 학생들이 많았고, 부끄럽지만 나도 그런 학생 중 한 명이었다. 그런 내가 대학언론사를 선택했던 건 예나 지금이나 잘 이해할 수 없는 노릇이다.

서류 전형과 필기시험, 마지막 1대 다수 면접까지 거쳐 마침내 수습기자가 됐다. 학내 언론사 수습기자는 글쓰기 교육부터 다시 받는다. 그곳에서 나는 내 인생 첫 글쓰기 선생님, 장소영 선생님을 만났다.

상소문 스타일의 시일야방성대곡을 변형해 학점도 잘 받아냈고 글을 좀 쓴다는 평가에 한껏 거만해져 있던 꼴보기 싫은 시절. 알다시피 한국 남자들은 조금만 잘해도 온갖 곳에서 칭찬을 받기에 그 단물을 나는 턱 끝까지 받아먹고 있었다. 그런 내 울대를 잡고 "너 잘하는 거 아니야"라고 정신 차리게 만들어주신

분이 소영 선생님이다.

수습기자 교육을 받던 중 영화 〈건축학개론〉 비평문을 써서
제출했다. 한국 사람들은 왜 '승민(이제훈 분)'에 이입해서 '서연(수지
분)'만 나쁜 사람으로 만드는 것이냐, 너희가 사랑을 알면 얼마나
안다고, 맨날 여자만 욕하고 남자만 불쌍하게 보듬어주냐, 이
바보들! 하고 혼자 화냈다. 이 글을 받아본 소영 선생님은 딱 한
줄의 피드백만 남기셨다.

'뭐 틀린 말은 아닌데, 네가 뭔데 대중 수준을 판단하는 거지?'

부끄럽고 얼굴이 화끈거려서 글을 다 지우고 처음부터 다시
썼다. 선생님 말씀이 맞았다. 고작 포털사이트 댓글이나 블로그
후기만 몇 개 읽고 '한국 사람들은 이렇다'라고 혼자 정의해버린
것이다. 비평을 하려면 여러 의견을 읽어보고 다양한 방향에서
해석해야 하는 게 기본인데, 나는 이미 나 혼자만의 결론부터 지은
뒤 '대중보다 내가 똑똑하다'라는 자만에 빠져있었다(아아 역시 토종
한국 남자구나). 이때의 피드백은 다행히 지금도 글을 쓰면서 계속
마음 언저리에 남아있다.

새로 쓴 글을 선생님께 제출하면서 어리석었다고 말씀드렸다.
선생님은 피식 웃었다.


"그래. 건방지게 너만 똑똑하고 잘났다 생각하지 마라."

소위 '글 쓰는 직업' 하면 똑똑한 사람들이라는 인식이 있다. 해당 직업을 바라보는 시선이 이렇다는 건 어쩔 수 없는 일이겠지만, 직업 당사자가 '나는 똑똑한 사람이라서 글을 쓴다'라고 생각하는 순간 모든 글은 무너진다. 나만 똑똑한 게 아니라는 걸, 내 글을 읽을 독자들이 훨씬 현명하고 지혜롭다는 걸 언제나 상기해야 하는데 이 사실을 잊은 채 글 쓰는 사람들이 많다. 만약 나 역시 대학언론사에 들어가지 않았다면, 소영 선생님을 만나지 않았다면, 아마 스스로를 '대중 계몽가'로 규정하고 말도 안 되는 맨스플레인만 거듭했을지 모른다.

글쓰기로 밥벌이할 줄 몰랐던 내가 글쓰기를 직업 밑천으로 삼을 수 있었던 것도 모두 당시의 피드백 덕분이다. 나만 똑똑하고 잘났다 생각하지 말 것. 특히 우리 한국 남자들께 전하고 싶은 말이기도 하다.

# 기록으로 맞설 사람들
-------------------------

권력을 물려주고 물려받는 곳은 비단 대기업 재벌 가문뿐만이 아니다. 크든 작든 각 조직의 권력은 대개 그 권력과 가까운 사람들에게 전해진다. 심지어 투표로 선출된 권력도 처음엔 혁명을 일으킬 것처럼 호언장담하지만 갈수록 과거의 권력과 비슷한 모습으로 변해간다. 후대에게 자신의 안위를 보장받기 위해 또 다시 물려주고 물려받는 행위는 관성처럼 이어진다.

이걸 막으려면 견제 장치가 항상 필요한데, 그중 하나가 바로 언론이다. 한국의 언론은 과연 이 역할을 제대로 해내고 있는지 의문이다. 물론 훌륭한 언론인도 있겠지만, 해당 인물이 언론 시장 전체를 구원할 수는 없다. 멤버 한 명 덕분에 겨우 유명세를 유지하는 아이돌 그룹이 몇 년을 넘기지 못하는 것처럼, 개인 한

명이 훌륭하다고 해서 소속 조직이나 산업 전체에 희망이 있는 건
아니다.

대학언론사에서 일하면서도 나름의 견제 장치 역할을 하려고
했지만, 역량 부족일 때가 많았다. 총장실 산하에 있는 기구라서
제약이 많긴 했어도 마냥 환경과 구조만 탓하고 싶지 않다. 쌈
채소와 소주로 모히토 맛을 내는 백종원 대표처럼, 찢어진 복근을
안고도 팀을 승리로 이끄는 김연경 선수처럼, 잘 다듬어진 실력은
어떤 환경을 만나도 바깥 세상으로 날을 세우게 돼 있다. 하지만
나는 여러모로 뭉툭할 뿐인 초보였다.

그럼에도 불을 품고 비리를 쫓아다닌 적이 있다. 당시
대학에서는 체육대회 비용 규정이 없어 학과별로 천차만별이었다.
'네? 체육대회요? 이 무슨 가벼운 일을 취재까지…'라고 할 수도
있겠지만, 모든 비리는 밝혀지기 전까지 가장 가벼운 모습을
갖추고 있다. 가벼운 일일수록 사람들은 크게 관심 두지 않기
때문에 더 깊이 작당할 수 있다. 불법을 관행으로 만들고 부당함을
정의로 만드는 최적의 환경인 것이다. 나의 모교는 '체육대회'라는
가벼운 단어를 이불처럼 덮은 채 그 안에서 온갖 비리를 숨기고
있었다.

학생 대상 참가비가 가장 문제였다. 학생회에 따라 3천 원을
받는 곳이 있었고 1만 원까지 받는 곳이 있었다. 7천 원 차이가
크지 않아 보여도 종합대학 단과대 한 곳당 인원이 1천 명 선인 걸
감안하면, 어떤 학생회는 최대 7백만 원의 수익을 더 챙길 수 있는

구조다. 비싸게 받는 곳은 불참비까지 요구하고 있으니 아무리 소극적으로 계산해도 1천만 원의 수익 차가 발생하고 있었다. 이런 차이가 그동안 아무 문제 없이 관행처럼 여겨진 것이다.

"잠깐! 학생회라면 금전 내역을 투명하게 공개하지 않나?!"

취재 회의 때 가장 먼저 나온 말. 나도 그러길 바랐다. 취재할 아이템이 사라져도 괜찮으니 이 학교가 부디 공정한 조직이길 희망했다. 하지만 역시나 체육대회 수금 내역과 지출 내역은 학과 재량에 따라서 공개할 뿐이었다. 어떤 단과대 학생회장은 대단한 아량이라도 베풀 듯 말했다.

"아 궁금하면 우리한테 찾아오면 되지 뭘 투명하게 공개합니까?"

상황을 상상해보니 어이가 없어 웃음이 나왔다. 이미 숨기기로 작정한 사람들에게 직접 찾아가서 장부 열람을 요청하는 학생이 과연 몇이나 될 것이며, 설령 있다 하더라도 그들이 "자자~ 보십시오 학우 여러분" 하며 투명하게 보여줄까. 모든 내용을 정리해 기사로 썼고, 1면에 보기 좋게 실렸다.

대학신문은 바깥에서 보면 학내 소식지 같아 보이지만, 실제 조직 안에서는 영향력이 크다. 우리 대학에서는 교무 회의가 열리면, 가장 최신 호 신문이 총장을 비롯해 모든 교직원 자리에 놓였다. 신문을 두고 학내 사안을 논의하는 것이다. 그런 신문 1면에 이런 사달이 보도됐으니 당연히 개선책이 마련될 수밖에 없었다.

한창 취재하고 인터뷰하던 그때, 저녁 늦게까지 언론사 센터에서 기사를 작성하고 집으로 향하던 버스 안에서 전화가 걸려왔다. 모르는 번호였다. 낮에 인터뷰했던 학생인가 싶어 받았더니 다짜고짜 당신이 안희석이냐고 물었다. 맞다고 대답하니 돌아오는 답이 꽤, 기득권스러웠다.

"감당할 수 있겠어요?"

총학생회장이었다. 뭘 감당해야 하는 거냐고 물어보니 이상한 소리를 늘어놨다. 이 기사 때문에 도미노처럼 밀려올 전체 회계 조사, 그로 인해 무너질 학생회 관행, 모든 걸 떠안아야 하는 현 총학생회의 고충 등을 한 번이라도 고려해봤느냐는 뜻이었다. 가만히 듣고 있으니 나에게 감당할 수 있냐고 물어볼 게 아니라 본인에게 물어야 할 것들이었다. 잘못 취재한 부분이 있다면 책임지겠다고 말한 뒤 방금 말씀하신 것도 인터뷰에 실어도 되냐고 묻자 앞으로 '협조는 없다'는 답이 돌아왔다.

지금도 그 목소리가 문득 떠오른다. 청년이라면 마냥 깨끗해야 한다는 뜻은 아니지만, 많아야 20대 중반을 갓 넘긴 당사자들끼리 나눈 대화치고는 꽤 지저분하고 씁쓸하다. 그래서 당시 기사를 쓸 때도 비리를 고발한다고 해서 정의감에 취하거나 신나지 않았다. 내가 소속된 조직과 구성원을 정면으로 비판해야 한다는 것, 글이 지닌 힘을 이런 방식으로 써야 한다는 것이 그리 유쾌한 일만은 아니었다.

누군가는 이 부당한 연결고리를 끊어야 한다. 그걸 끊음으로 인해 잡음이 커지고 복잡해지더라도 반드시 필요하다. 이런 카르텔을 당연한 것처럼 여긴 결과는 우리가 누구보다 온몸으로 체감하고 있지 않나. 특정 성별이 더 '사람' 취급받고, 특정 직업이 더 대우받으며, 특정 계층은 형벌을 탕감받는 등 모든 불평등은 고리를 엮어가며 이어지고 있다.

우리가 우리의 세상을 모조리 뜯어가며 바로잡는 것만큼 힘들고 서글픈 일도 없겠지만, 귀찮고 머리 아프다는 이유로 멈추는 순간 가장 피해받는 건 아마도 약자들일 것이다. 그리고 우리는 모두 어떤 면에서 이미 약자이고, 또 다른 층위의 약자가 될 수 있는 가능성은 언제나 열려있다.

연결고리를 끊는 움직임의 선두엔 언제나 언론이나 문단 등 글 쓰는 사람들이 나서야 한다고 나는 믿는다. '똑똑한 사람들'이라서가 아니라 '오래 남을 기록을 생산하는 사람들'이기 때문에. "감당할 수 있겠어요?"라는 질문에 기록으로 맞설 수 있는 사람들이 마땅히 먼저 나서야 한다.

# 짜잔! 사실 이게 더 재밌지롱!

--------------------------------

되도록 공적인 글에서만큼은 특정 연예인을 우상화하지 않으려 노력한다. 만들어진 이미지가 거의 전부인 연예 시장 한 가운데 있는 사람을 섣불리 책에 칭찬했다가, 어느 날 별안간 천인공노 할 국민 분노 버튼이 되는 경우를 너무 많이 봤기 때문이다.

입시 시스템의 퍽퍽한 현실에서 그나마 한 줄기 빛처럼 우리네 마음에 사랑과 열정을 심어주던 그 시절 그 아이돌이, 각종 사건·사고로 연예 뉴스가 아닌 사회 뉴스에 오르내리는 장면을 한 번이라도 겪은 사람이라면 쉽게 공감할 거라 믿는다. 어제의 우상이 오늘의 화상이 되는 광경을 너무나 많이 겪지 않았나.

그럼에도 불구하고 연예인 '유재석' 씨를 언급하지 않을 수가 없다. 바로 인터뷰에 대한 이야기를 하기 위해서다. 유재석 씨

만큼은 언급해도 훗날까지 안전할 거라는 작은 믿음이 있다.

유재석 씨가 인터뷰하는 모습을 가만히 보고 있으면 사람의 말을 끌어내거나 상황을 조율하는 능력에 특히 감탄한다. 물론 편집된 화면으로만 그를 살펴보는 거지만, 사전 정보 하나 없는 시민과 말을 이어가는 모습을 보면 어떻게 저게 가능할까 싶을 때가 많다. 섭외 과정을 오래 거치고, 심지어 사전 질문지를 주고받았더라도 항상 예상치 못한 방향으로 흘러가는 게 인터뷰 현장이기 때문이다.

예를 들면 이런 식이다. A에 대해 묻기로 하고 A와 B를 엮어 이야기를 풀어나가기로 합을 맞췄는데 갑자기 인터뷰 당일에 '짜잔! 사실 이게 더 재밌지롱!' 하며 C와 D 이야기만 계속 고집하는 사람이 있다. 아니면 본인이 내키지 않는 순간에 갑자기 태도가 바뀌어서 등을 획! 돌리기도 한다. 인터뷰를 꼭 따내야 하는 사람 입장에선 모래성이 무너지는 기분이다. 유재석 씨라면 무너져가는 모래성에서 그나마 지붕이라도 건져 다시 기둥을 세우겠지만, 경력이 부족한 사람(그게 나예요)은 '제발 그만 하세요 선생님…'을 눈빛으로만 전하며 체념할 수밖에 없다.

지역 매거진에서 인터뷰 외주를 받아 일할 때였다. 그렇다. 모든 걸 외주화 하는 시대에서는 인터뷰까지도 외주화 할 수 있다. 매거진에는 이름이 실리지 않고 정말 녹취록만 넘겨주는 그런 일이었다. 인터뷰 경력이 농익지 않은 때였지만, 그쪽에서도 급했던지 건당 꽤 괜찮은 액수를 불렀고, 돈이 급했던 나는 계약서도 쓰지 않고 덥석 일을 붙잡았다. 명심하자. 나의 능력보다 괜찮은 보수를 제시하는데 계약서 작성을 꺼리고 업무 강도가 생각보다 '수월해 보인다'면 그건 아마 여러 사람의 손에 의해 폭탄처럼 돌려지다 나에게 온 절망일 가능성이 크다.

첫 인터뷰이는 지역 신문 대기자였다. 선임 기자도 아니고 편집 기자도 아니고 '대'기자라는 게 정확히 무엇인지 몰랐다. 찾아보니 정말로 '크다'라는 의미의 '대'가 맞았고, 대기자란 '특정 분야에 뛰어난 전문가로서의 기자'를 말했다(그냥 전문 기자라 하면 안 되나…?). 어쨌든 지역에서 영향력 있는 신문사였던 데다가 대기자라고 하니 살짝 긴장도 됐다. 언젠가 나도 신문 기자가 되고 싶다는 꿈을 가지고 있었기에 더 신경 써서 인터뷰를 준비했다. 사전 질문지를 드렸고 스케줄까지 조율한 채 대기자를 마주했다.

"안녕하세요, 기자, 아이고 아니 대기자님."
"허허, 긴장 푸시고 편하게 기자님이라 해도 돼요잉."

다행이었다. 초보를 대하는 고수의 너그러운 그 웃음. 네가 뭐 어떻게 할지 뻔히 알고 있으니 어디 한번 재롱을 부려보라는 넉넉한 자세. 순조로울 것만 같았다. 어차피 내 목적은 짜여진 질문을 말하고 답변을 녹음하고 그걸 텍스트로 풀어내는 게 끝이었으니 별로 어려울 게 없었다.

"저 그럼 녹취 시작하겠습니다, 대기자님!"

"뭐? 녹취는 왜 하는 건데?"

"네?"

갑작스럽게 태도가 바뀌어서 같은 사람인가 싶을 정도였다. 이미 메일을 통해 합의된 사항이었다. 분명히 '녹취는 20분 정도면 충분해서 시간을 그리 많이 잡아먹진 않을 것 같습니다^^'라고 웃음웃음까지 붙여서 보냈고, 동의의 뜻과 함께 인터뷰 당일에 보자고 한 사람이 내 앞에 있는 이 사람이라는 게 믿기지 않았다.

대기자는 녹취는 안 된다고 계속 선을 그었다. 게다가 신문사 편집국 회의에 참여해야 한다며 당장 끝내라고 지시까지 내렸다. 세상에 배신도 이런 배신이 있을 수 있나. 거의 사정에 가깝게 설득한 후 겨우 10분 남짓의 녹취록을 얻어냈다.

근처 카페에 들어가 10분짜리 오디오 파일을 텍스트로 풀어내고, 문어체에 맞게 몇 가지 문장을 매끄럽게 수정한 후 편집실로 보냈다. 특이사항에는 '초반에 녹취 완강히 거부. 신문사 회의 시간 촉박하다며 인터뷰 짧게 요청. 사전 협의 사항 불이행'이라고 남겼다. 그래도 한 건 무사히 마쳤다 싶어 일어서려는데 편집장에게 전화가 왔다.

"희석 씨 미안해! 대기자님 아침에 전화 와서 녹취는 어렵고 한 5분만 간단히 자문 주겠다고 했는데 내가 희석 씨한테

전한다는 걸 깜빡했지 뭐야. 이야 그래도 10분이나 녹취를 따냈네! 최고최고~!"

최고최고? 최고최고? 그럼 최고최고에 맞는 인센티브를 주서야죠! 하다못해 커피 기프티콘이라도 줄 수 있잖아요! 라는 말은 당연히 속으로만 터뜨렸고 나는 "아하하 네에에… 괜찮아요…"만 말한 뒤 늘어진 어깨로 카페 문을 밀고 나갔다. 이것이 을의 맛이로구나. 갑과 갑의 대화를 전해 듣지도 못하고 불나방처럼 달려든 을은 이렇게 하얗게 소진되는 것이구나. 글 쓰며 돈 버는 삶이 아름다울 것이라 누가 말했나. 아, 내가 말했지.

대기자와의 인터뷰는 그래도 결과물이 남았지만, 결과물 자체가 남지 않는 경우도 있었다. 한 공공기관장을 인터뷰했을 땐 녹취록도 무엇도 남길 수 없었다. 사전 질문지를 보내고 전화로 확인 요청까지 수차례 한 상태였음에도 그랬다. 인터뷰 당일에 기관장실로 갔더니 기관장은 화들짝, 정말 화들짝 놀라며 나를 반겼다.

"오! 맞다맞다. 오늘 인터뷰였지요? 잠시만 기다려 보이소. 내 금방 뽑아올게!"

기관장은 문 앞까지 달려와서 악수를 청했다가 자기 자리로 돌아가 뭔가를 열심히 찾기 시작했다. 성실한 답변을 준비했나보다 싶어 마음 놓고 탁자 앞 소파에 앉았다. 소파에 앉으니 한눈에 봐도 값비싸 보이는 복합기가 정면에 보였다. 갑자기 복합기가 윙윙 돌기 시작했다. 기관장이 준비한 자료가 출력되는 것 같았다.

한 장…

두 장…

끝?

두 장으로 끝내는 건가? 내가 보낸 질문지가 두 장인데? 설마 이제야 질문지 뽑아서 보는 건 아니겠지?

"자자 기자 선생. 날도 억수로 덥고! 시원한 거 마시면서 우리 한번 봅시다. 보자보자~ 이야 질문지가 너어무 탄탄하네. 미리 볼걸! 으하하하하하!"

오 선생님. 사전 질문지를 '미리 볼걸'이라뇨. 기관장에게 사전 질문지를 이제 보는 거냐고 물었더니 그렇다고 했다. 통화할 때 질문지 다 봤다고 말하지 않았냐고 물었더니 그랬냐고 했다. 그렇다고 하니 그랬구나 했다. 이 절망적인 말장난을 두고 나는 무얼 더 해야 할지 가늠할 수 없었다.

기관장은 갑자기 '쓰읍' 소리를 내더니 턱을 이리저리 문질렀다.

"근데 기자 선생. 질문이 너어무 어렵다! 내가 자료 좀
준비하고 다시 해야겠는데?"

사전 질문지의 의미를 모르는 걸까, 비즈니스 기본 예절을
모르는 걸까. 이런 자세와 실력으로도 공공기관장 자리를 맡을 수
있는 건 아마도 당신의 처세술 덕분이겠지. 결국 기관장과 다시
스케줄을 잡고 또 다시 방문해야 했다.

재방문 때도 기관장은 별반 다를 것 없는 상태였다. 내가
도착하기 30분 전부터 부랴부랴 질문지를 읽어봤고, 필요한
자료를 찾느라 약속 시간보다 2시간이나 더 뒤에 인터뷰를 시작할
수 있었다. 인터뷰를 진행하면서도 계속 '짜잔! 사실 이게 더
재밌지롱!'의 연속이었다. 예를 들어, 내가 부산항의 역사와 관련된
질문을 꺼내면

"에헤이 참내! 아니지! 그건 재미없고, 요쪽에 오다가 동상
하나 세워진 거 봤어요? 그 동상이랑 얽힌 이야기가 진짜로
재밌거덩!"

재미없었다. 중간에 계속 말을 멈추고 본래 질문으로
돌아가려는 시도를 할 때마다 더 거칠게 밀고 들어왔다. 내 실력이
모자란 탓이 컸다. 태극권을 쓰듯 능숙하게 말을 비껴내면서
원하는 답변을 유도해야 했는데 내공이 부족했다. 그렇게
2시간 넘게 진행된 인터뷰는 아무런 알맹이 없이 온갖 잡다한

맨스플레인으로 끝나버렸다.

두 인터뷰를 겪고 나자 이 길이 과연 내가 갈 수 있는 길인지 의심되기 시작했다. 기관 건물에서 나와 부산항을 따라 천천히 걸었다. 한여름이라 저녁 시간에도 하늘이 밝았다. 보통 인터뷰가 끝나자마자 녹취록을 풀곤 했는데, 그날은 아무것도 할 수 없었다. 어둑해질 때까지 땅만 보고 걷다가 집 방향 버스를 타고 버스 엔진 소음에 그대로 나도 묻어버렸다. 내일은 또 다른 인터뷰를 해야 했으니 얼른 하루를 닫아야 했다.

# 합을 맞춰 나아간다는 것

-------------------------

인터뷰의 슬픔이 있으면 기쁨도 물론 있다. 합이 맞는 사람을
만나면 그날은 일을 한다기 보다 즐겁게 수다 떨고 오는 기분이다.
인터뷰어와 인터뷰이가 각자의 역할을 잘 수행할 수 있게끔
밀어주고 당겨주는 현장을 가끔 만난다. 만약 여러분이 어느
지면에서 마음 가득 차오르는 인터뷰를 읽었다면 그건 합이 맞는
현장이었을 가능성이 크다.

　　김형숙 스토리텔러님과 나눴던 인터뷰는 지금 생각해도 모든
게 좋았다. 지역 역사가 담긴 곳을 이리저리 가이드하며 숨겨진
이야기를 들려주시는 분. 공식 직함은 '이야기 할매'였지만 나는
그 직함이 영 불편했다(진짜 부산시는 예나 지금이나 문화적 센스가
너무 없다). 이야기 할매가 있으니 이야기 할배도 있긴 한데, 남성

스토리텔러는 선생님이나 어르신으로 더 자주 불렸다. 이에 나도 형숙 님께 선생님이라 불러도 괜찮은지 여쭤봤다.

"아유 내가 무슨 선생님?! 민망시럽게! 그래도 뭐 기분은 좋아요 히히."

선생님과 나는 그렇게 마을 관광지를 걸으며 인터뷰를 시작했다. 선생님은 대본 한 줄, 메모 한 쪽 없이 역사적 사건의 날짜나 시각, 핵심 인물 이름과 세세한 인간 관계도를 1시간 넘게 줄줄 읊어주셨다. 미술관이나 박물관의 오디오가이드는 녹취된 기록이지만, 선생님의 설명은 현장에 맞춰 바로바로 나오는 라이브 중계였다. 나는 인터뷰라는 핑계로 그 행운을 혼자 만끽할 수 있었다. 감사하기도 하고 신기하기도 해서 선생님께 여쭤봤다.

"선생님, 혹시 스토리텔러 일을 얼마나 오래 하셨던 건가요?"
"나? 얼마 안 됐어요. 스토리텔러 코스 강의도 듣고 공부도 하고 아침마다 매일 혼자 코스를 걸으면서 연습했지요. 한 마흔 번 했나?"
"그럼 거의 한 달도 넘게 혼자 연습하신 거예요?"
"그렇지. 맨날 그렇게 하니까 되더라구. 제가 지금 6학년 9반(69세)이에요 히히. 근데 이 나이에도 여기만 나오면 이렇게 눈이 생글생글해져."

마을 담장 너머로 보이는 바다 위 윤슬보다 선생님 눈이
더 반짝거렸다. 선생님이 맡은 코스는 그냥 평지가 아니다.
산복도로라 불리는 그곳은, 오르막과 내리막이 수없이 이어져
있어서 젊고 건강한 사람도 한 바퀴 크게 돌고 나면 허벅지가
불타는 곳이었다.

그런 지형을 한 달 넘도록 매일 혼자 아침마다 오르내리며
연습했다는 말씀에 어쩐지 부끄러웠다. 고작 두 번의 인터뷰
난관을 겪고 시무룩했던 어제의 나는 선생님만큼 단단히 훈련했던
적 있었는지, 이 길이 내 길인지 아닌지 판단하기 전에 할 수 있는
만큼의 반복을 해봤었는지 돌아보게 됐다. 코스 중반쯤 넘어갔을
때 들었던 답변은 더 값졌다.


"선생님, 일이 뜻대로 안 되는 날도 있지 않나요?"
"아유 왜 없겠어요. 나는 열심히 하는데 대놓고 시큰둥한
사람들 많아요. 지겹다고 큰 소리로 하품하고. 놀리는 거지 뭐.
그래도 어쩌겠어요. 그냥 다음 코스로 얼른 넘어가는 거지. 그럴
줄 알고 준비한 것들이 많이 있으니까 나는 그걸 보여주면 돼.
그렇게 끝까지 가면 다 나한테 넘어와 있어!"


간단하면서도 많은 걸 알려주는 말이었다. 대기자와
공공기관장 앞에서 맥을 못추던 나는 '그냥 넘어가지' 못했다.
여러 가지 상황을 염두에 두고 스페어 카드를 준비했어야 하는데,

그러지 않았기 때문에 사달이 벌어진 것 뿐이었다. 그러나
선생님은 '그럴 줄 알고' 준비한 것들이 많으니 자신 있었다.
면전에서 하품을 하거나 지루하다는 듯 먼 산을 바라봐도 주눅
들지 않고, 다음 순서에서 매료시키면 될 일이었다.

　인터뷰를 마치고 곧바로 녹취록을 풀면서 평소보다
더 꼼꼼하게 체크했다. 우리가 같이 마시던 바다 냄새가
깃들어있는지, 선생님의 명랑한 목소리와 선한 언어가 잘
녹아드는지 여러 번 읽었다. 그게 내가 할 수 있는 최선이라서,
삶의 중요한 방향을 배운 데 대한 유일한 보답이었기에 어느
때보다 열심히 글을 썼다. 편집실 전송 후 거리로 나섰을 때는
이미 늦은 저녁이었다. 아침에 출발한 것치고는 오랜 시간
일했지만, 전혀 지치지 않았다.

　형숙 선생님처럼 공적 장소에서 입말을 자주 사용한 분들은
사실 인터뷰하기 수월한 편이다. 가장 어려운 사람은 인터뷰
경험이 한 번도 없는 분들, 예컨대 부산 좌천동 가구거리 '최
사장님'처럼 생업에만 오래 집중하신 분들이다. 최 사장님께
가구거리 역사를 물으려 매장으로 찾아갔다. 사장님은 인터뷰를
시작하자마자 뭉툭하게 답했다.


　"오늘 여기 가구거리 역사 관련해서 여러 가지 이야기해볼
텐데요, 그…"
　"네? 역사?! 역사는 뭐 예. 인터넷에서 보시죠. 제가 말을 잘

못합니다."

"그쵸그쵸. 인터넷에 잘 나와 있어도 사장님처럼 현장에 30년 이상 계신 분의 목소리를 담으면 더…"

"아니 내가 얘기하면 무조건 재미없는데 우짜지… 일단 뭐 예. 말이나 노나봅시다."

이미 등줄기엔 땀이 흐르기 시작했다. 물론 이건 사장님 잘못이 아니다. 몇십 년을 한 직종에만 집중했던 분들은 '인터뷰'라는 단어 자체에 거리감을 느낀다. 이야기를 건져내려는 사람 입장에선 그들 존재 자체가 역사겠지만, 정작 당사자는 "나는 일만 해서 아무것도 모르는데"만 반복할 수밖에 없다. '건질만한 이야기'를 할 사람은 따로 있다고 생각하는 것이다.

그래서 인터뷰 진행자의 능력이 특히나 중요하다. 하지만 당시 초보 수준에 머물러 있던 나로서는 유려한 진행을 해낼 수 없었다. 능력이 없으니 집요함만 보일 뿐이었다. 가구거리의 역사적 사건을 물으면 '그땐 장사하고 있어서 몰랐다'는 답이 돌아오고, 가구 장인으로서 기억에 남는 손님을 물으면 '너무 많아서 지금은 이야기할 수 없다'는 답이 돌아오는 등 계속 부딪쳤다.

이쯤되면 내 얼굴에도 절망의 그림자가 분명히 눈언저리부터 무릎팍까지 점점 내려오고 있었을 것이다. 질문할 것도 다 떨어져서 사장님과 나 사이엔 가구 매장 바깥의 소음만 어색하게

맴돌았다. 시간만 잡아먹는 것도 실례라 생각해 슬슬 짐을
챙기려는데,

"근데 시간 있어요? 같이 만났으면 하는 사람이 있는데."

어디론가 전화를 건 사장님은 나를 이끌었다. 누구를 만나러
가는 건지 여쭤볼 겨를도 없이 가까운 거리였다. 또 다른 매장
입구를 지나 비밀통로처럼 좁은 계단을 올라갔더니 세상에.
1960년대부터 이 가구거리를 지키던 나전칠기 장인께서 우리를
기다리고 계셨다.

새하얀 백발에 천연염색으로 물든 개량한복 차림으로,
고무신을 신고 어깨 너머엔 과연 저걸 실생활에 사용할 수 있을지
궁금한 거대 지팡이를 세워둔 채 모든 걸 꿰뚫어 볼 것만 같은
눈빛을 뿜어내는 그런 '은둔 장인의 모습'은 (당연히) 아니었다.
셔츠에 넥타이를 깔끔하게 맨 노년 신사께서 반갑게 인사를 했다.

다만, 나무 문을 열고 들어간 그곳은 뭔가 드라이아이스로
인공 수증기라도 채워야 할 것 같은 분위기이긴 했다. 사방에
가득 들어찬 나전칠기 작품이 노란 조명 아래서 반짝반짝 빛났고,
테이블부터 의자까지 모든 가구가 나무로 만들어져 있어서 철제
프레임이라곤 찾아볼 수 없었다. 천장도 정수리에서 두어 뼘
정도면 닿을 법해서 비밀 공간에 들어선 느낌이었다.

"아이고 우리 최 사장님 말주변이 워낙 없어서 고생했지요?"

　그때부턴 일사천리였다. 장인께선 1960년대의 거리 모습과
분위기, 당시 가구 유행까지 꼼꼼하게 읊어주셨다. 자기는
아무것도 모른다고만 반복하던 최 사장님도 장인 앞에서는
여러 역사를 마구 꺼냈다. 좌천동이 가구로 유명했던 이유는
옆 동네 '부산진시장'이 포목으로 유명했기 때문이라고 했다.
혼수용 포목을 떼러 오는 사람들을 붙잡으려 그 옆에서 혼수용
가구를 파는 가게가 늘었고, 이 가게들이 점차 불어나 가구거리로
안착됐다는 것이다. 이후 나전칠기 장인이 이 거리에 자리
잡으면서 일본의 기술자들도 찾아왔다고 한다. 그중엔 일본에서
나전칠기로 명성을 얻던 사람도 있었는데, 한국인 장인에게
상상할 수 없을 만큼의 돈을 제안하면서 "당신의 작품을 내
이름으로 걸고 팔고 싶다"는 말까지 했다고 한다.
　이런 사실들을 장인이 먼저 꺼내면 최 사장님은 본인이 아는
정보를 더 꺼내고, 그중에 사실과 다른 부분은 서로 바로 잡는
등 티키타카가 빠르게 이어졌다. 믿고 의지할 만한 사람, 혹시나
잘못된 사실을 꺼내도 곁에서 잡아줄 사람이 사장님께 필요했던
것 아닐까. 편안한 분위기 덕분에 인터뷰 시간은 두어 시간을 훌쩍
넘겼다. 그날의 녹취록은 모든 결과물 중 편집실 반응이 가장
좋았다.

처음부터 합이 맞는 인터뷰이를 만나는 건 어렵다. 결국 인터뷰를 진행하고 글을 풀어나갈 사람이 직접 인터뷰이와 합을 맞춰나가야 한다. 똑같은 사람을 취재해도 매체마다, 기자마다, 작가마다 결이 다른 것처럼 인터뷰이와 어떤 합을 맞추느냐에 따라 글의 품격은 달라진다. 그러니 글을 쓰고자 하는 사람은 어떠한 사람과 상황을 만나도 좋은 합을 끌어낼 수 있게 준비된 상태여야 하겠지. 그래서 형숙 선생님의 말은 오랜 시간이 지나도 유효하다.

"준비한 것들이 많이 있으니까 나는 그걸 보여주면 돼. 그렇게 끝까지 가면 이미 다 나한테 넘어와 있어!"

지금 내 글은 누군가가 넘어올 만큼 준비되어 있을까.

Level 2.

# 아무 말 올림픽

-------------------

'아무 말 대잔치'라는 건 아마도 블로그 어뷰징 원고에 가장
적합한 말이지 않을까. 요즘 블로그 광고 포스팅은 키워드
빈도에 유의하거나 특정 단어를 몇 문장 주기로 넣을지 등 전략을
까다롭게 세우지만, 내가 유학원에서 일할 때 블로그 광고는
달랐다. 그야말로 아무 말 대잔치, 아니 서로 경쟁하며 누가누가
더 아무렇게나 뱉는지 겨뤘으니까 아무 말 올림픽쯤 됐다. 그
뜨겁고 허망한 공간에 나도 '블로그 마케터'로 한 달간 투입됐었다.
　　자세한 이야기를 쓰기 전에 미리 밝혀두자면, 이런 블로그
광고가 무조건 허황되고 나쁘다는 건 아니다. 다만, 약간의 허구가
눈덩이처럼 불어나 사기에 가깝게 변형되는 어뷰징 혹은 바이럴
광고는 용인해서는 안 된다. 내가 일했던 유학원은 그 용인할

수 없는 선에서 블로그 포스팅을 쏟아내도록 지시했는데, 이런
회사들이 대개 어떤 식으로 일하는지 낱낱이 소개하고 싶다. 자칫
비장해 보이기도 하지만, 그냥 '세상에 이런 곳이?!' 정도로만
참고해도 충분하다.

대학가에 있는 유학원이었다. 사무직 보조 아르바이트생을
뽑는다기에 클릭한 모집 요건에는 '블로그 원고 작성 가능자
우대'가 있었다. 황금만능주의에 찌들어있던 나는 또다시 어리석은
선택을 반복한다. 1천 자짜리 자기소개서와 기명 기사를 한데 묶어
전송했다.

이어 간단히 운동 후 샤워까지 마치고 나오니 부재중
알람이 떠 있었다. 방금 아르바이트 지원서를 넣었던 유학원
전화번호였다. 허겁지겁 다시 전화를 걸었다.


"네, 안녕하세요. 전화하셨던 거 같은데 저는 블로그 마케터
지원자 안회석입니다."

"음 오케이 오케이. 전화 안 받던데, 비지$^{busy}$한가봐?"

"아하하하 샤워하고 이제 막 나와서요."

"와앗$^{what}$? 오후 1시에? 평소에도 이렇게 늦게 일어나나?"


왜 이때 단칼에 끊지 못했을까. '글쓰기로 돈을 벌자'는 마음속
문장에는 왜 항상 글쓰기 뒤에 방점이 찍히지 않고 돈을 벌자
뒤에 먼저 찍히는 걸까. 내가 실제로 언제 일어나든 말든 그쪽이

무슨 상관이냐고, 초면도 아니고 첫 통화로 왜 반말이냐고 말하지
못했을까. 너는 돈이 그렇게도 중요했단 말이냐(중요하지 그럼…).

전화한 사람은 유학원 원장이었다. 어이없는 마음을 겨우
가라앉히고 목소리 톤을 높였다.

"아유 오전엔 운동하느라 그렇죠. 일어나는 시각은 매일
7시입니다!^^"

지금 생각해도 비굴하기 짝이 없는 자세지만, 어쩔 수 없었다.
밥벌이를 위해 이 정도 비굴함이야 무슨 상관일까. 물론 나도
넉넉하고 풍요로운, 국가가 규정하는 '중산층 정상가정'에서
자랐다면 저런 전화를 이어가지 않아도 됐겠지만, 역사에 만약이
없듯 내 과거에도 만약은 없다. 매일은 현실이고 현실은 언제나
상상보다 가혹하다. 안쓰러운 통장 잔액에 조그마한 활력이라도
불어넣고자 전화기를 두 손으로 잡고 허리도 굽혔다. 저를
뽑아주세요…!

통화 후 면접을 보러 간 유학원은 생각보다 작았다. 그
자리에서 몇 가지 계약서 작성을 끝내고 내 자리 컴퓨터를
세팅했다. 사수도 원장, 인수인계 담당도 원장, 기타 비품 설명도
원장이 맡았다. 그렇다. 면접날이 곧 첫 업무일이었고 유학원에
일하는 사람은 나와 원장 뿐이었다. 그 전 담당자가 도망간 건지
아니면 (비)자발적으로 그만둔 건지 알 수 없었다. 어쨌든 계약서에

찍힌 금액은 모집 공고문과 같았고, 별다른 특약사항도 없었다.
그러나 원장 인성이 문제였다. 원장은 면접 때부터 맨스플레인과
외모 평가를 시작했다.

"롸이팅writing이라는 게 그렇게 쉬운 게 아니에요. 알지? 글은
좀 써본 거 같아도 내가 가르쳐준 대로 해야 돼. 근데 희석? 좀
유하게 생겨서 내가 지시하는 할드hard한 좝job은 펄펙트perfect하게
못 할 거 같아."

끓어오르는 마음을 진정시키고 하하호호 웃으며 넘겼다.
돈을… 돈을 벌자… 신자유주의 시대에 태어난 게 어디 내
탓이겠나… 하고 원장의 지시대로 업무를 시작했다. 참고로
원장은 미국 2년 유학이 전부다. 그런데도 모든 말에 꼭 저렇게
영어를 넣어서 꼬아야 했는지 오뤼지널original 김취맨kimchi-man인
나는 아직도 이해를 못하겠다.
　　하루에 20개 이상의 블로그 포스팅을 찍어냈다. 내용을
복사해서 붙여 넣으면 안 되고, 조금씩 다르게 글을 짜내야 했다.
한 포스팅에 2천 자 정도를 썼으니 하루에 4만 자를 쓴 셈이다. 말
그대로 글을 '쏟아내는' 훈련은 이때 다 한 것 같다.
　　유학원은 원래 잘나가던 거대 기업이었다. 원장은 대학교
초빙강사로도 자주 불려갔고, 국가 주도 행사에 종종 초청될
정도로 꽤 영향력 있던 사람이었다. 그러다 붕괴 수준으로 부도가

나버렸는데, 아마 2008년 금융 위기 때였던 것 같다. 완벽한 부도 이후엔 원장 혼자 유학원을 이끌고 있었다. 그래서인지 마지막 한 줌 남은 명예에 집착한 흔적이 유학원 곳곳에 남아 있었다. 탄핵 이후 대통령권한대행으로 있으면서도 굳이 청와대 기념 시계, 그것도 '대.통.령.권.한.대.행' 여섯 글자를 또박또박 각인해서 만들어낸 황교안 씨의 청와대 같은 그런 느낌이었다.

홈페이지에 강남 지사와 밴쿠버 지사, 뉴욕 지사 등을 운영하는 '것처럼' 해놓은 게 가장 웃겼다. 강남 지사에는 '이 대리'가 상담을 맡고 있고, 밴쿠버 지사에는 '프랭크'가 특파원으로 파견돼 있다. 뉴욕 지사는 담당자 교체 중이라고 떠 있었다. 당연히 다 거짓말이다.

강남의 이 대리 핸드폰 번호로 전화하면 원장이 받았고, 밴쿠버 프랭크에게 이메일을 보내면 원장이 답장하고, 뉴욕 지사 담당자는 원래부터 없었다. 이런 환경에 맞춰 나는 원장의 허언에 그럴싸한 글 4만 자를 소스처럼 뿌려서 블로그라는 접시에 담아 포스팅했다.

예를 들자면 다음 장과 같은 글을 쓴다. 참고로 이 모든 건 원장의 가이드라인에 따라 썼다. 원장은 가이드라인을 벗어나는 순간 '컴피티션competition에서 페일fail하는 것'이랬다(그만해 제발…).

| ○ 제목 | 필리핀 어학연수? 경성대 근처 유학원이 답! |
|---|---|
| | → 근처 대학 중 가장 큰 대학교명을 제목에 넣는다. |
| | 제목에서부터 업체명을 넣으면 광고성으로 걸린다고 했다. |
| | |
| ○ 내용 | 안녕하세요? 오늘은 그나마 |
| | 날씨가 쪼~~~끔 풀린 것 같네요ㅎㅎ |
| | 그래도 밤에는 항상 추우니까 |
| | 다들 건강 조심하시구요! |
| | → 날씨나 가벼운 시사 이야기로 도입부 써야 함. |
| | |
| | 오늘은 경성대 유학원에서 필리핀 어학연수에 대해 |
| | 알려드리려고 해요! 필리핀 어학연수는 경성대 |
| | 유학원 'A 유학원'에서! |
| | 매번 다양하고 파격적인 프로모션을 진행하는 |
| | A 유학원에서 이번엔 필리핀 어학연수를 위한 |
| | 획기적인 프로그램을 만들었어요! |
| | → 본격적으로 유학원 이름을 넣고 검색어에 걸릴 수 있게 |
| | 인근 대학을 언급해야 함. |
| | |
| | 게다가 지금 상담하면 저 가격보다 더 할인된다는 |
| | 사실^^ 공정거래위원회의 승인을 받아 유학 법인 |
| | 업체로 등록된 A 유학원은 공정위의 규정대로 모든 |

걸 깨끗하게 진행한답니다 :)

그리고 유학수속 표준약관을 사용해요! 모든 걸

공공기관에서 정해진 규정대로 움직이니까 후에

피해상황이 발생해도 유학원에 유리한 쪽으로

보상을 진행하지 않아요!

그만큼 책임감과 자신감 있다는 거죠^^

→ 할인, 공정거래위원회, 표준약관, 공공기관, 규정, 보상 등의
단어를 사용해서 가격과 공정성을 강조할 것.


대충 이런 식이다. 읽어보면 알겠지만, 아무 말 수준을 넘어
한글로 표현할 수 있는 최대의 활자 낭비다. 공정거래위원회의
규정대로 진행, 표준약관 사용, 피해상황에 대한 책임은 기본
요건이지 자랑거리가 아니다. 게다가 작성 시점이 1월이었는데,
오늘은 그나마 날씨가 풀렸다는 말 뒤에 '그래도 밤에는 항상
추우니까 다들 건강 조심하시구요!'는 웬말인가. 변명하자면 같은
날씨를 20번 다르게 표현하다 보니 어처구니없는 아무 말이 줄줄
흘러나온 결과다.

지금 보면 그저 당황스러울 뿐이지만, 그땐 자괴감에 빠질
때가 많았다. '이렇게 써서 돈을 벌어야 한다고?'와 '이렇게 써야
돈을 벌지' 사이에서 자주 오갔지만, 날마다 토해야 할 4만 자는
내게 한숨 쉴 틈조차 주지 않았다. 모듈처럼 글 구획을 나눠서

아무 말 올림픽을 시작했다. 그렇게 나는 할드한 좁을 펄펙트하게 매일 해냈다.

원장은 날이 갈수록 기뻐했다. 어느새 퇴근할 때마다 "오케이! 내일도 굳 블러킹 알쥐?"라며 눈을 찡긋했다. 오랜만에 일 잘하는 청년을 만났다며 이제야 마음이 놓인다고 했다. 그러나 정확히 3주 후부터 우리 사이는 기름과 물처럼 갈라지기 시작했다.

# 너 지방대 출신이잖아!
------------------------

부실 유학원 실상을 낱낱이 알아버린 전직 아르바이트생이
한 가지 당부의 말씀을 드리자면, 유학 전문 업체를 전적으로
믿어선 안 된다. '이렇게 주먹구구식으로 한 사람 인생을
결정해버린다고?'에 놀라는 사이, 이미 고객은 하늘 위에 떠 있다.
말도 안 될 것 같지만, 그 말도 안 되는 일이 현실로 이뤄진다. 나는
한 부부의 프랑스 유학 프로그램을 직접 짤 뻔했다.

　　아르바이트 시작 후 3주가 지나자 원장은 슬슬 업무를
나에게 미루기 시작하더니 유학 프로그램 구성까지 맡기려 했다.
프랑스 이민을 고민하던 젊은 부부가 유학원을 찾아왔는데,
사실 이 유학원엔 프랑스 유학 프로그램이 없었다. 그런데도
원장은 부부와 꼭 상담하고 프랑스로 보내야겠다며 나에게 근처

대형 유학원 프로그램 자료를 모아보라고 했다. 프랑스 유학은 수수료가 비싸서 돈이 된다는 이유가 전부였다. 어뷰징 원고만 쓰는 내게, 심지어 유학원 시스템을 이해한 지 이제 겨우 3주가 된 내게 이런 프로그램을 맡기는 것 자체가 이해되지도 않고, 한 부부의 인생을 이런 식으로 설정한다는 게 어이없어서 조심스럽게 말했다.

"원장님, 그분들은 집까지 팔면서 인생을 거는 건데 이건 좀 아닌 거 같아요. 사기잖아요."

"희썩! 너 그렇게 나이브$^{naive}$하면 안 돼! 내가 다음 주에 프랑스 아카데미랑 세미나 할 거니까, 넌 다른 유학원 프로그램만 까뤼$^{copy}$해놔!"

원장은 표정이 싸늘해지더니 펜을 테이블에 던지며 소리를 질렀다. 나는 세미나가 새빨간 거짓말이라는 걸 알고 있었다. 다음 주에 거제도로 가족 여행 간다고 원장 본인이 자랑했기 때문이다. 그래서 내게 한 주 동안 혼자 일해야 할 거라고, 전화 오면 원장님은 강남 지사 파견 갔다고 하랬다. 거짓에 거짓을 반복하면 자기가 한 거짓말도 깜빡한다던데 꼭 그 꼴이었다.

세계 곳곳에 지사가 있다는 허언이야 과거의 영광에서 벗어나지 못한 불쌍함으로 모른 척할 수 있었지만, 이건 범죄였다. 게다가 나중에 부부가 신고하면 나는? 저 원장이 나를 지켜줄 리 전혀 없고, 기적처럼 나를 감싼다 한들 책임 소재를 피할 수 없을 게 뻔했다. 이래서 다들 그만뒀구나. 이래서 급하게 사람을 뽑고 자리에 앉혔구나. 그랬구나. 이제야 알겠다. 나는 왜 항상 나중에 깨닫는 걸까.

일단 원장이 하라는 일을 안 할 순 없으니 근처 유학원에서 프랑스 관련 프로그램 포스터를 내려받았다. 대신 포스터 하단에 찍힌 각종 유학원 로고는 삭제하지 않았다. 나보고 '까뤼'하라고 했지 '에디트edit'하라곤 안 했으니까. 최대한 유학원 로고가 잘 보이는 것들로만 골라서 프린트했다. 누가 봐도 "어? 여긴 그 유학원?!"하고 알 수 있을 자료들이었다. 돈에 눈먼 원장은 내가 건네준 자료를 그대로 부부에게 보여주면서도 뭐가 잘못됐는지 몰랐다. 이상한 낌새를 느낀 부부가 다른 곳도 상담해보고 오겠다며 자리를 떴다. 부부 중 한 사람이 나와 눈이 마주쳤을 때 나는 보일 듯 말 듯 고개를 끄덕이며 온 마음으로 전했다.

'다신 오지 마세요! 행복해야 해!'

부부가 나가자 원장은 고개를 절레절레 흔들었다.

"이디엇idiot하지 참. 나한테 하면 펄펙트하게 해주는데 말이야. 그리고 희썩! 아까는 그냥 넘어갔지만 다음번엔 아웃out이야!"

그날 이후 블로그 포스팅 주제 중 프랑스 유학 프로그램이 추가됐다. 실체가 없으니 그냥 이것저것 또 아무 말이나 집어넣었다. 유명한 학교 몇 곳만 언급하고 나머지는 프랑스 관광지 소개로 채워 넣거나, 공정거래위원회 조직 소개를 넣거나(도대체 왜?), 유학원 근처 대학의 프랑스어 관련 학과 소개(정말 왜?)를 넣는 식으로 글을 썼다.

미치지 않고서야 더 일하는 게 어려운 이 유학원에서 나는 꼬박 한 달 만에 퇴사했다. 정확히 말하면 해고됐다. 별 이유는 없다. 원장이 자기가 잘못 지시해놓고 내 탓으로 돌리려다 실패하자 자존심에 나를 해고했다.

서류 뭉치를 건네면서 그중 본인이 지시하는 몇 장을 골라 고객에게 보내라고 했다. 나머지는 개인정보이니 파기하라고 했다. 원장이 말한 대로 몇 개 유형의 서류를 따로 빼서 보내고, 나머지는 파쇄했다. 며칠 뒤, 늦은 오후에 출근한 원장이(매일 나보다 늦게 왔다) 노발대발 화를 냈다. 중요한 서류를 내가 없애버렸다는 거다. 나는 시키는 대로 했는데 왜 그러시냐고, 억울하다고 했다. 원장은 전화 한 통을 받더니 다시 유학원 밖으로 나갔다. 10분쯤 지났을까. 원장에게 전화가 왔다.


"희썩, 너 내 말 안 들을 거야? 자꾸 그러면 내가 아웃이랬지?"

"저기요 원장님, 원장님이 골라준 것만 제가 잘 보냈는데 왜 저한테 화를 내요. 그리고 희썩이 아니라 희석이에요. 석! 석!"

"반항하는 거야 지금? 일단 됐고, 원장실에 있는 내 월렛$^{wallet}$ 들고 1층으로 와."

기승전… 월렛…? 기왕 이렇게 된 거 얼굴 보고 말한 뒤 그만두자는 생각으로 원장 지갑을 챙겼다. 1층으로 내려가니 원장이 차에 앉아 있었다. 창문으로 그놈의 월렛을 건네주자 "오늘 퇴근하지 말고 기다려!"라고 소리 지른 채 떠났다. 야근 수당 주냐고 묻고 싶었는데 기회도 안 주고 가다니. 물론 나는 그날 자체 퇴근했다.

다음 날 출근하자 웬일로 원장이 일찍 출근해 있었다. 삐진 건지 내 인사도 받아주지 않았다. 그러다 한 손님이 유학원으로 왔고 1시간 정도 상담했다. 손님이 가고 나자 원장이 나를 불렀다. 너무 웃긴 건, 유학원 크기가 10평 정도인데 원장은 나를 항상 네이트온 메신저로 불렀다. 다른 사람이 있는 것도 아니고 나랑 단둘이 있는데 메신저 쪽지를 보냈다.

'원장실로 올 것.'

원장실이라 해봤자 그냥 가벽 하나 있는 건너편이었다. 저 사람 머릿속엔 아직도 이 공간이 직원으로 바글바글한 상태인 걸까.

원장 앞에 앉자마자 온갖 잔소리가 쏟아졌다. 핵심만 요약하자면, 원래 명령하는 사람의 기억이 더 정확한 법이라고 했다. 원장 본인은 문제의 그 문서를 절대로 빼라고 한 적 없고, 내 맘대로 일을 저질러서 고객과의 관계가 틀어졌다고 했다. 모든 게 내 책임이니 이제 어떻게 할 거냐고 물었다. 어이가 없어 원장 눈만 빤히 바라봤다.

"뭐, 지금 너 잘했다는 거야 뭐야?"

"잘한 건 없는데요, 잘못한 것도 없어요. 저도 원장님만큼
제가 들었던 내용에 확신이 있어요. 근데 왜 무조건 제가 틀렸을
거라 생각하세요?"

"당연한 거 아냐? 너 동아대잖아!"

"네?"


원장 기준 학벌 미달. 나는 원장이 생각하는 '좋은 대학'에
다니지 않기 때문에, 나의 말과 행동은 늘 틀릴 것이라는 기적의
논리였다. 불편했다. 명백히 내 잘못이고, 내가 착각한 증거가
있다면 정중히 사과했겠지만, 이건 아니었다. 내가 다니던
대학교가 소위 말하는 명문대가 아닌 건 사실이다. 그런데 이 일과
내 학벌에 무슨 상관관계가 있나 싶었다.


"제 잘못이 확실하면 사과드리겠는데요, 학벌 걸고넘어지는
건 좀 아니지 않아요? 그럼 그렇게 잘난 원장님은 왜 다 망한
회사에 혼자 앉아 있어요?"


그렇게 확실하게 잘렸다. 유학원에서 해고된 뒤 한동안
재정적으로 힘들었지만, 나름대로 열심히 버텼다. 이곳저곳에
글을 보내 푼돈을 긁어모았고, 지역 신문 객원 기자도 맡아 어느
정도 생활할 돈은 마련할 수 있었다.

세월이 꽤 지났지만, 여전히 원장을 이해해줄 순 없다. 아직 그런 인간을 용서할 만큼 내 마음은 크지 않다. 공자나 맹자 같은 성인처럼 자랄 자신도, 의지도 없다. 나를 보호하고, 외부의 공격으로부터 반격할 사람은 온전히 나뿐이다. 나마저 내 마음에게 '네가 참아야지'라고 강요한다면, 세상에 나를 위해 싸워줄 사람은 어디에도 없게 된다. 가장 가까운 사람에게 버림받거나, 가장 믿었던 존재에게 배신당해도 '나' 만큼은 영원히 내 편일 수 있도록 나를 더 보호해주고 싶다.

해고된 지 몇 달 후, 이 유학원을 향한 마지막 애정(?)을 지역 신문에 실어내고 싶었다. 기고하던 지역 신문사에 유학원 실태에 대한 기사를 보냈다. 아쉽게도 각 유학원 이름은 원문과 다르게 익명 처리됐지만, 그렇게 나는 내가 할 수 있는 능력 안에서 작게 이 추억을 마무리 지을 수 있었다.

# '해외 연수 수속 대행비'는 유학원 멋대로?

2015.06.13 부산일보 17면

단기간에 어학 성적을 올리기 위해 해외 어학연수를 떠나는 학생이 늘고 있다. 하지만 유학원마다 수속 대행비가 천차만별이라 학생들이 불편을 겪고 있다.

(중략)

유학원이 밀집한 경성대학교 부근과 서면을 중심으로 가격을 문의했다. 정확한 비교를 위해 필리핀 '클락' 지역의 특정 어학원, 4주 코스, 4인실 기숙사를 기준으로 삼았다.

먼저 경성대학교 부근 A유학원은 "120만 원에 추가로 금액이 발생할 수도 있다"고 답했다. 추가 발생 비용의 상세한 내역은 방문 상담 시 설명하겠다고 했다. 근처 B유학원은 "140만 원이지만, 특별 할인이 적용돼 130만 원까지 가능하다"고 전했다. 특별할인 명목은 유학원 첫 등록 혜택으로 타원에는 없는 제도라고 홍보했다.

(중략)

이처럼 네 곳만 알아봤는데도 최저가와 최고가는 15만 원의 차이가 났다. 특히 추가 비용이나 특별 할인에 대한 상세한 설명도 없어 고객 입장에서는 혼란스러울 수밖에 없는 실정이다.

일부 유학원에서는 공정거래위원회의 '공정위표준약관'과 한국유학협회의 '유학표준약관'을 따른다고 홍보한다. 그러나 공정위표준약관과 유학표준약관을 살펴보면, 수속 대행비 책정과 관련된 내용은 없다. 계약 해지 시 기간에 따른 손해배상 규정만 나와 있다.

한국유학협회 측은 "표준 약관이나 계약서는 수속 과정에서 문제 발생 시 합의점을 쉽게 찾도록 돕는 문서일 뿐"이라며 "유학 수속 과정을 잘 모르는 고객을 이용해 잘못된 홍보를 하는 셈"이라고 밝혔다. 협회 측은 "만에 하나 발생할 어학연수 피해를 줄이려면 유학원과 계약서를 반드시 작성하는 것이 좋다"고 당부했다.

안희석 시민기자
동아대 유전공학 4년

# 기자는 아닌데요, 기자입니다
--------------------------------

프리랜서 기자는 특정 매체에 소속되지 않고 자체적으로 취재 후
기사를 언론사에 보낸다. 기자의 능력에 따라 기고하는 언론사
규모나 할당받는 지면 크기도 달라지기 마련인데, 아직 대학생
신분일 때 일했던 나는 좋은 지면을 받지 못했다. 프리랜서
기자로서 처음 기사를 보도했던 곳은 〈부산일보〉다. 정식 직함은
'시민 기자'였는데, 약 30면짜리 신문에서 17~18면쯤에 기사를
실어낼 수 있는 정도였다.

　　"엥? 시민 기자면 누구나 할 수 있고, 기사도 맨 뒤쪽에
실리는데 이걸 '진짜 기자'라 할 수 있나?" 라고 묻는 사람이
많았다. 그러나 이 말은 반은 맞고 반은 틀렸다. 시민 기자라 해서
누구나 다 보도를 할 수 있는 건 아니다. 편집국의 심사, 그러니까

기사 작성 능력과 그동안의 기고문 퀄리티를 살펴본 뒤 선정을
거친다. 취재부터 보도까지 온전히 수행할 수 있는 사람인지
검토하는 것이다. 무보수 명예직은 더더욱 아니다. 기사가 보도될
때마다 원고료를 받는다.

기사가 실리는 지면 위치는 의외로 그리 중요하지 않다.
뒤에 자세히 서술하겠지만, 시민 기자의 기사들은 실제로 세상을
조금씩 바꾼다. 1면이든 30면이든 시민들이 불편한 사항을
정당하게 취재해 지적하면, 그 대상이 기업이든 공공기관이든
반드시 행동을 취한다. 이때 나는 언론의 힘이 생각보다 더
무섭다는 걸 깨달았다. 소속 기자가 아닌 대학생 신분의 시민
기자 보도에도 곧바로 움직임을 보이는데, 지면 앞쪽에 실리는
기사들의 무게는 과연 어떨지 상상조차 되지 않았다.

그러나 과연 '진짜 기자'라고 할 수 있는지는 여전히 의문이다.
실력이나 기사 퀄리티 때문이 아니라 주변의 인식 때문에. 취재를
위해 어떤 기관을 방문하면 항상 비슷한 대화가 반복됐다.

"어디서 오셨나요?"
"〈부산일보〉입니다."
"!"

〈부산일보〉는 부산, 넓게는 동남권에서 매체 영향력이 가장
큰 언론사 중 하나다. 이에 〈부산일보〉라는 이름을 대면 대부분의

취재처가 한 발 뒤로 물러섰다. 그런데,

"진짜 소속 기자님 맞아요? 좀 아닌 거 같은데…"

고백하자면 당시의 나는 영화 〈벼랑 위의 포뇨〉 주인공 중
한 명인 '소스케' 머리를 하고 다녔고 채도가 높은 색감의 옷을
즐겨입었다(누구나 그런 때가 있잖아요…). 그 머리로 증명사진을 찍고
시민 기자 정보란에 올려서 아직도 내 기사엔 소스케 머리를 한
멍청이가 '으하하 내가 바로 너의 과거!' 하며 비웃고 있다. 어쨌든
이런 생김새 때문에 나는 통상 생각하는 '기자'의 행색이 아니었던
것이다.

"아 시민 기자고요, 이번 주에 실릴 기사를 취재…"
"그치?! 대학생이지? 대외활동하는 거예요? 깜짝 놀랐잖아!"

취재권과 담당 지면이 있어도 나는 그 '진짜 기자'가 되지
못했다. 진짜 기자들과 같은 종류의 일을 하고 같은 매체에 보도할
수 있는데도 업무 강도나 출신 성분이 다르다는 이유로 울타리
바깥에만 서있을 수 있었다. 어느 곳이나 비슷하지 않을까.
우리가 사는 세상엔 허들과 울타리가 너무 많다. 제아무리 실력이
뛰어나고 성실해도 허들과 울타리를 넘지 못하면 납작한 그룹으로
묶여 등급표가 붙는다. 억울하면 노력해서 넘어와야 한다는,

그래야 '역차별'이 되지 않는다는 논리 속에서 진짜와 가짜, 정규와 비정규가 나뉜다.

이런 취급을 받으면서도 왜 시민 기자를 계속 했느냐 묻는다면, 내가 쓴 기사로 내 주변의 세계가 변화하는 게 보였기 때문이다. 실제로 세상이 바뀌는 걸 보면 원고료나 명예가 아닌 또 다른 보람으로 마음이 차오른다(물론 원고료와 명예는 언제나 환영환영 대환영). 처음 이 경험을 안겨준 취재처는 이름만 대면 누구나 알만한 프리미엄 주상복합 아파트 단지였다.

단지 안에 있는 카페에 앉아 글을 쓰고 있었다. 이미 카페에 들어서기 전부터 여름에도 등골이 서늘하게 만드는 건물풍과 프리미엄 아파트가 뿜어내는 위세에 지친 상태였다. 거기다가 찬 커피를 너무 급하게 마셨던 탓에 화장실이 급했다. 카페 바깥의 공용화장실을 써야 했는데, 우리가 흔히 아는 공용화장실은 뭔가 지저분하고 관리가 엉망인 곳이 대부분이지만, 프리미엄 아파트 안에 있어서 그런지 바닥이 대리석이었다. 클래식이 흘러나오고 청소 노동자도 아파트 로고가 새겨진 유니폼을 입고 있었다. 이것이 돈의 맛이구나!

급한 불을 끄고 손을 씻는데 거울 속에 뭔가 이 화장실이랑 어울리지 않는 장면이 보였다. 잘못 봤나 싶어 한 번, 두 번, 세 번째 관찰을 해도 역시나 정확했다. 청소용 세제 박스가 가득하고 걸레와 비품과 잡동사니가 아무렇게나 뒤섞여 있는 그곳은 장애인 전용 화장실이었다. 반짝반짝한 대리석 바닥에 온갖 고급 자재로 마감한 화장실에서 장애인 전용 화장실만 쓰레기 섬처럼 격리돼 있었다.

우리가 터질 것 같은 배를 부여잡고 화장실에 도착했을 때, 누군가 단 하나 남은 변기 위에 10kg 넘는 세제 박스 여러 개를 올려놓았다면, 휴지걸이엔 걸레가 걸려 있고 청소 도구들이 변기 사방을 꽉 막고 있다면, 어떤 기분일까. 이게 창고인지 화장실인지 분간이 안 된다며, 프리미엄 아파트라더니 이게 뭐냐며 투덜거리지 않을까. 좀 더 화가 오르면 당장 관리사무소나 해당 화장실 사용을 권고한 상점에 따지지 않을까. 하지만 우리에게 이런 일은 별로, 아니 거의 일어나지 않는다. 비장애인이라서, 소수가 아닌 다수라서. 그게 우리가 가진 권력이다.

핸드 드라이기에 손을 말리고 있을 때, 청소 노동자 한 분이 화장실에 들어왔다. 그래. 오늘만 이런 거겠지. 급하게 잠시 밀어 넣은 거겠지. 희망을 품고 조심스럽게 여쭤봤다.


"선생님, 혹시 장애인용 화장실은 언제부터 저 상태인가요?"

"저거요? 원래부터 저랬는데 왜요? 저기 쓰게요?"

"아뇨. 제가 쓸 건 아니고 저기 휠체어도 못 들어갈 것 같은데…"

"저기 쓰는 사람 없던데? 그래서 창고로 쓴 지도 오래됐고… 아니 솔직히 여기에 장애인이 어떻게 오겠어요? 그러니까 관리실에서도 창고로 쓰라하지."

어떻게 오겠냐는 말이 한동안 머리와 마음에 계속 맴돌았다.
순식간에 다시 허들과 울타리를 만나는 기분이었다. 돈이 좀 많은
게 아니라 넘치고 흘러야 분양받을 수 있다는 이 프리미엄 아파트
단지에는 장애인을 허용하지 않는다는 말과 같았다. 그 말은 곧
이 아파트 단지 안에는 장애인 입주자가 없다는(혹은 없어야 한다는)
뜻이었고, 장애인은 이 아파트를 살 수 없다는 차별이었다.

쓰던 글을 잠시 접고 이걸 기사로 써야겠다고 결심했다.
관리사무실에 전화를 걸어 취재 중임을 밝히자 마치 '올 것이
왔다'는 말투였다.

"하⋯ 예 뭐. 무슨 말씀인지 알겠고요, 직원들 보내서
치우겠습니다아아~"

자리를 마무리하고 인근 고층 주상복합 단지를 하나씩
방문했다. 다행히도 다른 곳은 장애인용 화장실이 비워진
상태였다. 단지 변기 물때가 가득 끼어있고 휴지 걸이가 텅텅
비어있을 뿐. 누가 봐도 규정상 만들어놓은 것 같았다. 예상치
못한 복병은 다름 아닌 지하철역과 곧바로 연결된 상가에서
마주쳤다. 변기는 포장용 박스 테이프로 봉인된 상태에다
빗자루나 건축 자재 등이 변기 주변을 빼곡히 둘러싸고 있었다.
그옆엔 대걸레가 여름철 기온과 만나 악취를 풍기고 있었다. 해당
관리사무소에 전화해보니 역시나 비슷한 대답만 반복했다.

72

"그래요? 몰랐네? 치울게요오오~"

미처 몰랐다면 '그럴 수도 있는 일'이지만, 몰라도 괜찮아서
가만히 둔 거라면 '그러면 안 되는 일'이다. 비장애인들이 자주
사용하는 화장실 변기가 그렇게 테이프로 봉인돼 있었다면,
그래서 누군가 이의를 제기했다면 "치울게요~"라는 태평한 반응이
나올 수 있었을까.

두 곳에 대한 이야기를 정리해 기사로 만들어 편집실로
보내자 곧바로 답이 돌아왔다. 아파트 상호명과 상가 이름 등을
익명으로 처리해야 할 것 같다고 했다. 이해 못 할 일은 아니었다.
아무리 객원 기자라도 최종 보도가 이뤄진 곳이 〈부산일보〉였으니
기사에 대한 민원이나 항의성 전화도 모두 신문사 몫일 터였다.

기사가 지면에 실린 후 두 화장실을 차례차례 방문했다.
언제 그랬냐는 듯 반짝반짝거렸다. 취재가 시작돼서 치운 건지,
보도가 이뤄져서 치운 건지는 여전히 모른다. 그러나 누군가의
당연한 권리가 다시 돌아왔다는 것만으로도 다행이었다. 한편으론
씁쓸했다. 이토록 빠르고 간단하게 처리될 일이었는데 누군가가
액션을 취해야, 그것도 〈부산일보〉라는 이름을 앞세워야 겨우
움직이기 시작한다는 게.

"고작 장애인용 화장실 두 곳 바꾼 게 무슨"이라 말하는
사람들도 많을 것이다. 맞다. 나는 고작 두 곳밖에 바꾸지
못했다. 그런데 시민 기자라는 작은 직함으로도 개선할 수 있는

것들을 왜 그동안 아무도 바꾸지 않았던 건지 묻고 싶다. 그 '진짜 기자'들이 거대한 뉴스거리와 단독 취재에 목말라 세상을 누비는 동안, 그보다 작지만 너무나 현실적이어서 더 서글픈 일들은 뉴스 데스크 위에 오르지 못한다. 이런 빈틈을 메워주는 게 시민 기자들이라고, 나는 '고작 장애인용 화장실 두 곳'을 바꾸며 깨달았다.

보도 후 몇 년이 지났지만, 장애인을 대하는 우리 사회 모습은 크게 달라지지 않았다. 거리에서 장애인을 보기 힘들다면 그것은 우리 사회에 장애인 구성원이 존재하지 않는다는 뜻이 아니라, 그 사회가 장애인의 진출을 허용하지 않고 있다는 증거다. 장애인이 화장실을 이용하고, 장애인이 시내버스를 이용하고, 장애인이 영화관에서 예매하는 모습을 우리는 과연 얼마나 자주 볼 수 있었나. 20명 중 1명이 장애인이라는데 우리는 일상 속에서 그만큼의 사람들을 마주한 적 있었나.

우리가 사는 세상은 여전히 '고작 장애인용 화장실 두 곳'에 멈춰 있다.

# 추하게 늙지 않으려면

자리가 사람을 만드는 것인지, 사람이 자리에 따라 바뀌는 것인지 여전히 모르겠다. 그러나 확실한 사실 하나는, 어느 쪽이든 그 사람에 따라 결과가 달라진다는 점이다. 자리라는 것은 본디 선한 사람은 더 선하게, 악한 사람은 더 악하게 다듬어준다. 여러 기업인을 만나며 이 생각은 확고해졌다.

기업인들을 대상으로 인터뷰한 적이 있다. 한 대학기관에서 진행하는 비즈니스 포럼* 소속의 기업인들을 직접 만나 대화하고,

---

* 사전적 의미의 '포럼'은 특정 주제나 문제에 대해 전문가들이 발제문으로
  의견을 제시하고, 다수의 청중이 질의응답에 참여해 의견을 종합하는
  담화 방식을 뜻한다. 여기에 비즈니스나 정치적 성격이 따라붙으면 포럼의
  공식 의견을 만드는 것과 더불어 일종의 친목회처럼 단결을 도모하기도 한다.

그들의 이야기를 기사로 작성해 송고하면 되는 작업이었다.

포럼은 다들 알다시피 '있는 자'들의 모임인 경우가 많다. 내가 맡은 곳도 연 30만 원부터 최대 3백만 원의 가입비를 내고 주기적으로 모여서 기업 소식을 나누는 포럼이었다. 신규 회원이 되려면 꽤 복잡한 절차를 거쳐야 한다. 대학기관 주최 포럼인 만큼 해당 대학교나 대학원 출신이어야 하는 건 당연하고, 기존 회원의 심사를 통과해야 하며 소속 기업의 연 매출과 사회적 지위 같은 것들이 암묵적으로 계산되어 당락에 반영된다. 그러니 포럼 회원의 절반은 기업 대표나 CEO, 나머지 절반은 기업 임원급 인사 등이었다.

명색이 포럼인 만큼 어떤 가시적인 성과나 기록도 남겨야 했다. 이에 2~3개월 주기로 포럼 책자가 발간됐는데 이 매체에 내가 인터뷰하는 기사가 실리는 형태였다. 기업인들을 대상으로 한다고 해서 어려울 것 없었다. 특히 이런 포럼 기념 책자에 실리는 인터뷰에서는 날카로운 질문을 할 필요가 없다. 불편한 진실을 파헤치는 매체가 아니라 어느 지면을 펼쳐도 하하호호 웃을 수 있는, 자기 겸손 뒤에 숨은 기업 매출과 성과를 자랑하는 그런 매체였기에 자본을 등에 업고 아주 편안히 인터뷰하면 됐다. 인터뷰 대상자도 매호 지정돼 있고, 건당 액수도 당시 대학생이었던 나에게 꽤 큰 금액이었기에 열심히 뛰어들었다. 이때 벌었던 돈은 모두 해 질 녘의 사색과 더불어 정신적 시간을 더디게 만들며 세로토닌을 분비하게끔 만들던 물질에 쏟아부었다.

맞다. 주류 구입으로 탕진했다는 뜻이다.

　　여러 기업인 중 기억나는 두 사람이 있다. 먼저 중소기업, 아니 매출 규모가 꽤 되는 강소기업 남성 회장이었다. 그동안 인터뷰 장소를 기업 사옥이나 근처 카페로 지정하는 경우가 많았는데 이 회장은 자신의 집으로 초청했다. 교외에 있는 집이라 교통편도 불편하고 왜 군이 집으로 초청할까 싶어서 갔는데, 세상에. 집으로 부른 이유가 있었다. 회장 집은 2층 단독 주택에 마당이 딸려 있었다. 자그마한 마당이 아니라 우리가 영화에서 보던 전형적인 '회장님' 정원이었다. 중앙에 분수가 있고, 까만 강아지가 온 꽃밭을 뛰어다니고, 모과나무와 앵두나무 같은 것들이 즐비한 그런 곳이었다. 마침 날씨도 따스해서 그런지 동화 속 공간처럼 느껴졌다. 나는 그때까지만 해도 주택파 보다는 아파트파에 가까웠는데 그 집을 보고 나니 내가 아는 주택의 개념이 정말 협소했다는 걸 깨달았다. 까만 강아지가 깡충깡충 뛸 때마다 내 마음에는 '성공하자! 성공하자!'라는 다짐이 요동치고 있었다.

　　이런 곳에 사는 회장이라면 마음도 널따랗겠다고 생각했지만, 전혀 아니었다. 자만과 멸시를 한 문장 안에 동시에 뱉을 수 있는 사람이 바로 내 앞에서 열변을 토하기 시작했다. 남성 기업인들을 인터뷰해 보면 어쩔 수 없는 부분이 있기는 하다. 자기 경영 철학을 말하거나 기억에 남는 에피소드를 풀어내다 보면 어쩔 수 없이 과시욕에 기반한 자랑거리가 두루두루 섞이기 마련이다. 또한, 포럼에서 만드는 책자인 만큼 이 책을 읽어볼 다른

기업인들에게 '우리는 이만큼이나 잘났소이다'를 뽐내기도 해야
한다. 그러나 이 회장은 좀 심각했다. 자기 자랑을 열심히 하다가
갑자기 청년 비판을 시작했다.

"기자님도 대학생인 거 같은데, 잘 들으이소. 요즘 대학생들
눈이 너무 높습니다. 욕심이 많아 욕심이. 중소기업 와서 돈은
쪼끔만 벌어도 경력 잘 쌓은 다음 대기업으로 점프해도 되는데 마
그걸 못한다고 하니까 답답하지. 젊은 사람들이 벌써부터 돈 돈
거리면 그만큼 추한 게 없다카이!"

아저씨가 더 추해요. 라는 말을 곱게 삼키며 빙긋 웃었다.
아마 입꼬리가 파르르 떨렸는지도 모른다. 인터뷰 현장에는 나만
있는 게 아니었다. 사진 촬영도 필요하고 상황 조율을 해야 할
때도 있어서 교내 포럼 담당 직원과 함께 방문하는 편이었는데,
회장 빼고 모두의 시선이 흔들리고 있었다. 지금으로부터 몇 년
전이라서 당연히 요즘보다는 덜 힘들었지만, 그때도 중소기업
취직 후 대기업 점프라는 이상적인 그림은 실현 가능성이 '0'에
가까웠다. 청년실업률이 고공 정체 중이었고, 제2의 수도라는
부산에서 세후 월 200만 원 받는 정규직 자리는 이명박의 양심보다
없는 수준이었다.

취업 후에도 대학등록금을 갚기 위해 주말 아르바이트를
추가로 뛰는 친구가 있었고, 공짜 야근에 공짜 잔업을 군말 없이

받아들여야만 직장 내 자리가 유지되는 친구들도 있었다. 그런 상황에 대기업 임금과 복지를 욕심으로 갈음하는 회장을 보니 헛헛했다. 자기 집 마당처럼 머릿속까지 꽃밭인 인간은 저런 말도 부끄럼 없이 뱉을 수 있구나 싶었다. 기업인들끼리 정보를 교류한다는 포럼이 존재해봤자 노동 환경이 나아질 수 없는 이유였다. 취업 시장과 청년 현실을 세세히 알지 못한 채 꽃밭에만 사는 사람들끼리 나누는 정보가 과연 노동자들에게 얼마나 유의미할까.

현장에서 표정이 썩을지라도 나는 이 회장을 가장 빛나게 다듬어야 할 의무가 있었다. 개인적인 생각을 걷어내고 회장의 이미지를 잘 만들어 '호쾌한' 인간상으로 포럼 기관지에 실어냈다. 무서워해야 할 것도, 챙겨야 할 사람도 없는 20대 시절이었다. 그래서 더 내 글이 용서되지 않았다. 너무 자존심이 상해 마음이 조금씩 갈라지는 느낌이었다. 아마 이때부터 과연 내가 기자 일을 할 수 있을까 의심이 들었던 것 같다. '진짜' 기자들도 본인이 쓰고 싶은 대로 기사를 쓸 수 없다. 소속된 매체의 색깔에 따라야 하고 데스킹을 거치는 과정에서 핵심 논조가 삭제되는 등 여러 제약이 따른다. 그게 싫으면 홀로 움직이는 독립언론이 돼야 하겠지만, 그것조차도 녹록지 않은 일이다. 그렇게 생각의 꼬리를 물다 보니 앞으로도 이렇게 신념과 맞지 않는 걸 쓰는 상황이 자주 올 텐데, 잘 견뎌낼 수 있을까 싶었다. 그래도 메이저 언론사 기자는 돈이라도 많이 버니까 돈으로 치유할 수 있는 걸까. 정확한 현실을 모르니 막연하게 짐작할 뿐이었다.

　물론 이런 우울한 기업인만 만났던 건 아니다. 상대방 입장을 먼저 생각해주는 어른 같은 기업인도 있었고, 나를 대학생으로 보기 전에 한 명의 전문 직업인으로 존중해준 기업인도 있었다. 그중 재밌었던 분은 한 대형 은행 지점장님이었다. 인터뷰도 무난했고 지점장님도 사족 없이 깔끔하게 이야기해줘서 모든 게 순조로웠다. 모든 과정이 끝나고 자리를 정리하는데 지점장님께서 혹시 다 같이 저녁을 먹고 가도 되냐고 물었다. 이런 일은 인터뷰 중 처음이어서 다들 당황하고 있을 때 지점장님이 갑자기 어디론가 전화를 걸더니 나와 담당 선생님 둘 포함 총 4명분의 식사 자리를 예약했다. 물 흐르듯 휩쓸려간 곳은 어떤 한정식집이었다. 낡은 초가집으로 여러 동이 있었는데 외관만 봐서는 우리네 조상의 삶터를 재현한 민속촌에 가까웠다. 그런데 한 동의 문이 열리면 그 안에 현대식 부엌이 있고, 또 한 동이 열리면 깔끔한 좌식 공간이 펼쳐지는 등 현대와 과거를 오가는 판타지 사극 같은 곳이었다. 뭔가 심상치 않은 곳이었다.

　한 동으로 들어가 자리를 잡자마자 코스 요리가 나오기 시작하는데, 솔직히 쉽지 않은 싸움(?)이었다. 어디 가서 적게 먹는다는 소리를 들어본 적 없던 나였지만, 그 집의 한정식 코스는 무서운 속도로 음식들이 밀려오기 시작했다. 미음 죽으로 시작해, 부침개와 튀김류가 나오고, 그걸 하나씩 먹고 있으면 찜 요리와 전병이 나온다. '이런 고급 한정식에선 쌀밥이 안 나오는구나' 싶어다 먹고 나면 상이 한 번 싹 치워지고 마침내 나물 반찬과 찌개와 밥이 나온다. 술은 1차, 2차 식으로 마셔봤어도 식사를 이렇게 한 자리에서 몇 차례 거듭하는 건 처음이었기에 밥이 나오기 전부터 나는 이미 한계치에 달했다. 그러나 인생은 끝날 때까지 끝난 게 아니라고 하지 않았나. 겨우, 정말 겨우 그릇을 다 비워내고 나니까 유과와 수정과 등의 디저트가 내 눈앞에 놓여있었다. 아득했다.

이런 나와 달리 지점장님은 처음부터 여유로운 속도로 수저를 움직였다. 속도는 느리되 한 숟가락, 한 젓가락에 실리는 음식의 양이 어마어마한 것 같았다. 겉보기엔 분명 마른 체구였는데 위를 서너 배 정도 늘이는 능력이라도 갖춘 것처럼 뚝딱뚝딱 빈 그릇을 만들어냈다. 허덕이는 나와 얼빠진 채 수저만 들고 있는 담당 선생님을 보던 지점장님은 뭐가 머쓱한 듯 말을 꺼냈다.

"제가 너무… 많이 시켰나요? 그래도 제 얘기 들으러 오신 분들이라 제일 좋은 거로 준비했는데 다들 잘 못 드시는 것 같아서…"

지점장님은 특히 나를 보며 예상 밖의 말을 전했다. 대학생인 것 같은데, 학생 때 본인은 항상 배가 고팠다고 했다. 어디 기업인, 어디 교수들 보면 맨날 자기들끼리만 좋은 거 먹어서 그게 참 부러웠다고 했다. 그래서 오늘처럼 이런 자리를 마련했다며 맛이

없으면 어쩌나 걱정도 됐다고 했다.

　나는 너무 맛있는데 이런 코스 요리를 처음 먹어봐서 그렇다며 정말 감사하다고 전했다. 진심이었다. 그동안 만났던 소위 어른이나 선배들은 '나 때는 더했어'로 시작되는 각종 인생 교훈만 늘어놓을 뿐 비슷한 상황에 부닥친 청년들에게 쉽게 공감해주지 않았다. 자기도 배고팠으니 너희도 당연한 거라며, 인고의 시간을 견뎌야만 어른의 세계를 누릴 수 있다며 거드름 피우는 게 대부분이었다. 그런 사람들과 달리 나를 고려해서 자리와 시간을 마련한 지점장님께 그때도 지금도 감사하다.

　그렇게 식사 자리가 다 끝났을 때는 늦은 저녁이었다. 부산에서 시외버스로 2시간 거리였기에 나는 빨리 움직여야 했다. 그런 나를 보던 지점장님은 괜찮다면 본인이 부산까지 바래다줘도 되겠냐고 물었다. 극구 손사래를 치는데도 본인이 부산까지 가야 할 일이 있다면서 차비 들이지 말고 그냥 편안하게 가자고 했다. 지점장님이 진짜로 부산에 볼일이 있었는지 없었는지는 아직도 모른다. 너스레 떨며 조수석에서 말 붙일 수 있는 성격도 되지 않고, 스몰토크라고는 날씨 이야기에서 끝나는 편이라 이야기를 이어가진 못했다. 그저 어색함과 편안함 사이에 머무른 채 차에 실려 부산까지 안전하게 갔다.

　남에게 호의를 베풀기가 쉽지 않다는 걸 매년 깨닫고 있다. 그래서 당시의 지점장님이 나에게 얼마나 큰 호의를 베풀었는지, 얼마나 나를 배려해줬는지 해를 거듭할수록 크게 느끼고 있다.

그래서 그런지 지점장님과의 인터뷰는 지금 읽어봐도 좋은 말이 깃들어있다.

　'청년들의 어려움을 알고 있어서 언제나 미안한 마음입니다. 그렇다고 제가 지점장 권한으로 면접장에 가서 추태를 부릴 수도 없으니 멀리서 마음만 아파할 수밖에 없어서 죄책감이 커요. 그래서 지원자들이 최종면접까지 오면 속으로 엄청 기도합니다. 제발 떨지만 말라고요. 이미 이까지 온 것만으로도 훌륭하니까 떨지 말고 본인 기량을 다 펼쳐달라고, 잘해보자고 수십 번 되뇝니다.'

　물론 기성세대의 이런 태도를 신격화하거나 받들 듯 올려 치자는 건 아니다. 나 역시 기성세대로 접어들 입장으로서 당연히 갖춰야 할 태도다. 하지만 이 당연한 걸 당연하지 않게 생각하는 어른이 세상에는 셀 수 없이 많고, 그로 인해 상처받는 청년들은 몇 곱절이나 더 많다. 한 명의 입은 수십, 수백 명의 마음에 생채기를 낼 수 있기 때문에.

　출판사를 운영하는 지금, 이 출판사가 과연 어디까지 성장할지 가늠할 수 없다. 그러나 좋은 기회를 만나 아주 커다란 출판사가 되더라도 나는, 너른 마당의 단독 주택에 살던 그 회장 같은 어른은 되지 않기로 종종 다짐한다. 손아랫사람에게도 공손하게 음식을 대접할 줄 알고, 진심으로 배려했던 지점장님처럼 늙어가고 싶다. 그렇게 살아가긴 쉽지 않겠지만, 쉽지 않은 걸 잘 해낼수록 추한 어른이 되지 않는다.

# 옥수수밭의 예술가

--------------------

대학교 졸업이 가까워지면서 언론사 취업 준비를 시작했다.
이미 4년에 이르는 과정을 꽉 채우고도 한 학기를 추가로 연장한
'대학교 5학년생'이 나였기에 더 늦어져선 안 됐다. 졸업하자마자
취직한다는 건 꿈도 꿀 수 없었으니 적어도 졸업 날짜로부터 1년은
넘기지 말자는 마음으로 시작했다.

언론사 기자가 되려면 여러 과정을 거쳐야 했다. 두꺼운
시사상식집을 외우고 논술 쓰기 연습을 하고 매일 신문을 1면부터
끝까지 정독하는 게 일상이었다. 스터디에 나가서도 온종일
글을 쓰고 서로 합평하는 시간을 보내야 했다. 이런 과정을 오래
거치다 보면 자연스레 다른 기업 취직 준비는 전혀 할 수 없다.
대외활동은 언론사 관련 기관, 자격증은 한국어능력자격증,

포트폴리오 역시 본인이 썼던 글이나 기사들로 채워져 있으니 보통의 취업준비생과는 결이 달랐다. 이런 것들을 들고 일반 기업에 가면 다 무용지물이었다. 짧게는 몇 개월, 길게는 몇 년을 준비해도 마찬가지다. 그래서 언론사 입사 준비를 '언론고시'라 부르기도 한다. 언론사에 합격하지 못하면 아무 곳도 갈 수 없기 때문이다.

어쨌든 이 공부를 꾸준히 해내려면 생계를 받쳐줄 직장이 필요했다. 처음엔 카레 가게에서 아르바이트하면서 공부했지만, 갈수록 교재비부터 각종 시험 응시비를 해결하기엔 빠듯했다. 어쩔 수 없이 오전 9시에 출근해서 오후 6시에 퇴근하는 계약직 사원 자리를 알아봤다. 그때 마침 눈에 들어왔던 곳이 지역 예술 관련 협회였다. 협회에서 발행하는 소식지를 쓰고 편집하는 '사보 기자'를 구하는 중이었다. 월급은 크지 않지만 당장의 내 상황을 해결할 수 있는 정도였고, 기사 쓰기는 따로 배우지 않아도 됐으니 얼른 지원서를 넣었다.

지원서를 넣은 후 면접 전까지 협회 홈페이지에 업로드된 사보를 모두 읽었다. 사보는 매월 한 호씩 발행되고 있었고, 총 8면밖에 안 돼서 그런지 담당 기자는 한 명이면 충분해 보였다. 그런데 이상하게 3호 단위로 담당 기자 이름이 바뀌어 있었다. 3개월마다 담당 기자가 교체된 셈이다. 불안했지만 일단 글을 쓰는 직업이라는 것, 까다로운 절차 없이 면접만 거치면 된다는 것, 집과 가깝다는 것 등의 삼박자가 잘 맞았기에 포기하긴 싫었다.

협회 이사장과의 면접까지 거친 후 곧바로 출근하기 시작했다. 언론고시 공부는 항상 퇴근 후 근처에서 간단히 저녁을 먹은 후 밤까지 매일 반복했다. 지금 생각하면 어떻게 했나 싶지만, 20대였기에 가능했던 것 같다. 하루에 서너 시간만 자도 금세 체력이 회복되던 때였다.

내가 일했던 협회 사보 기자는 올라운더, 즉 무엇이든 다 할 수 있어야 했다. 매달 한 호씩 8면짜리 사보가 나오는데 한 호당 20개 내외의 기사가 실린다. 그럼 나는 발행 전 3주 동안 기사 아이템을 선정하고, 취재한 후, 쓰고, 편집하고, 사진까지 다듬어서 인쇄소로 넘겨야 했다. 취재 사진도 직접 촬영해야 하고, 외부 필진 섭외와 원고 청탁까지 내가 맡는다. 그야말로 사보 하나를 온전히 기자 한 명이 다 만드는 셈이다. 이사장은 중간 과정에서 승인이나 수정 요청만 할 뿐이었다.

이건 취재 시스템을 경험해보거나 기자 생활을 해본 사람이 아니면 할 수 없는 일들이었다. 그러나 기자 현직으로 뛰던 사람이 오기엔 처우가 너무 열악했고, 열악한 처우에 맞춰 무경험자가 뛰어들기엔 너무 버거운 일이었다. 그러니 그동안 담당 기자가 3개월을 채 버티지 못하고 그만뒀던 것이다. 나는 대학언론사와 시민기자 경험이 있어 취재 시스템을 충분히 익히고 있었고, 황당한 유학원 아르바이트 시절 덕분에 빠르고 많은 글을 쳐낼 수 있었다. 이에 협회 사보 제작을 뚝딱뚝딱 무리 없이 해냈다. 두 달 정도 일했을 때 내 옆자리에 있던 회계 담당 직원분이 했던 말을 아직도 잊을 수 없다.

"이사장님이 샤보 때문에 소리 안 지른 거 희석 씨가
처음이에요."
"이사장님이 소리도 질러요?"
"소리만 지르면 다행이죠. 욕도 잘해요."

운이 좋았다. 만약 나도 여러 경험들로 인해 빠르고 정확하게
글을 쓰는 능력을 갖추지 못했다면 금방 그만뒀을 것이다. 내가 잘
해낼 수 있는 요소들만 모였기에 이사장 입맛에도 맞출 수 있었다.
그렇게 반년 넘도록 무탈하게, 정말 무탈하게 일했다.

협회 사보의 두어 꼭지 빼고는 모두 스트레이트 기사였기
때문에 정형화된 틀이 있었다. 무슨 전시가 어디서 언제까지
열리고, 이 전시의 의미는 무엇이며, 전시 참여 작가들은 지역
미술사에 어떤 발자취를 남겼는지 등을 하나씩 집어넣으면 금방
기사가 만들어졌다. 내가 가장 공을 들이는 건 한 면 가득 채우는
인터뷰 기사였다. 원로 예술인을 찾아가서 두어 시간 정도 깊게
대화하는 자리였다. 인터뷰이는 대부분 남성이었는데, '남성'과
'원로'와 '예술'이라는 삼 박자가 만나면 상당히 까다로워진다.
자기주장과 철학이 너무나 확고하고 이 영역에 물음표를 던지는
순간 상대방을 적으로 간주한다. 무지한 상대에게 설명하는
걸 좋아하며, 이러한 설명 행위를 거듭할수록 얼굴에 자신감이

차오른다.

　그래서 보통 인터뷰라고 하면 사전 조사를 꼼꼼히 한 후 작품 세계를 깊이 물어보거나, 반대되는 입장의 시각도 가지고 오는 등 다채롭게 구성하는 게 재밌지만, 남성 원로 예술인을 대할 땐 이 과정을 모두 걷어냈다. '제가 배움이 부족하여 선생님께 은혜를 입으러 왔습니다'의 자세로 접근하면 인터뷰가 수월하다.

　예를 들어, "선생님, 저 조각은 3차원 공간을 더 활용하려고 철제 프레임만 사용하신 걸로 아는데 맞나요?" 대신 "우와 선생님, 저건 왜 뼈대만 있어요? 신기해!" 식으로 질문할수록 더 좋은 답변이 나온다. 웃기지만 웃기지 않다. 글쓰기의 기쁨과 돈벌이의 슬픔은 언제나 이렇게 가까이 붙어있다.

　깐깐한 남성 원로 예술인도 있지만, 때로는 재밌는 분을 만나기도 한다. 여름에 찾아갔던 한 원로 예술인은 오랫동안 서예 작품을 갈고 닦은 분이었다. 지하철을 두 번 갈아타고 종점역에서 내려 마을버스까지 타고 가서야 그분을 만날 수 있었다. 교외라 부르기엔 도시와 조금 가깝고, 그렇다고 도시라기엔 논밭이 넓게 펼쳐진 그런 곳이었다. 마을버스 하차 후 한참을 걸으니 옥수수밭이 나왔다. 예술가의 집은 그 옥수수밭 너머에 있었다. 직접 농사를 지으면서 작품 활동을 하는 분이었다.

　인터뷰할 때는 셔츠와 바지 위주로 입고 가는 편이었던 나는, 차라리 벙벙한 트레이닝복을 입는 게 더 나았겠다 싶었다. 뭔가 마라톤 행사장에 정장 입고 나타난 사람처럼 굉장히 어색한

나, 그런 나를 더 어색하게 맞이하는 예술가가 뻘쭘하게 자리에 앉았다. 본격적인 인터뷰를 시작하기 전에 분위기를 녹이려 농장 질문부터 했다.

"옥수수밭이 멋지네요, 선생님. 저기 보니까 비닐하우스도 있던데 뭘 키우는 건가요?"

"…뭘 그런 걸."

"아 혹시 제가 실례되는 질문을 한 건가요? 죄송합니다."

"토마토 따봤어요?"

"네?"

"토마토! 따봤냐고요!"

갑작스러운 토마토에 내 얼굴도 토마토처럼 붉어졌다. 비닐하우스에 토마토를 키우는 거면 그냥 그렇다고 말씀하면 되는 건데 왜 재배 경력을 묻는 건지 당황스럽기 시작했다. 잠깐 숨을 고르고 천천히 답했다.

"아뇨, 저는 도시에서 계속 자라서…"

"됐네. 갑시다!"

어딜 가자는 거냐고 묻기도 전에 내 손엔 철제 양동이가 쥐어졌다. 누가 봐도 비닐하우스로 토마토를 따러 가자는 분위기였다. 내 얼굴은 아마도 왜? 하필? 지금? 이라는 물음표들로 가득했을 것이다. 그런 나를 전혀 개의치 않는다는 듯 예술가는 휘적휘적 비닐하우스를 향해 걷고 있었다. 무엇이 됐든 이 상황이 끝나야 인터뷰가 가능했기에 나도 따라나섰다. 아, 진짜 트레이닝복을 입고 왔어야 했나.

예술가는 어떤 토마토가 좋은 토마토인지 한 3초 정도만 보여준 뒤 약 1백 미터에 이르는 토마토 라인 하나를 내게 맡겼다. 어디 내다 팔 것들은 아니니까 가장 빨갛게 익은 것으로, 당장 먹어도 무리 없는 것들로 따라고 지시했다. 처음엔 황당했다가 하나씩 따면 딸수록 실소가 흘렀다. 내가 지금 여기서 뭘 하는 건가 싶어 허허실실 토마토를 양동이에 담았다. 1백 미터가 끝나기 무섭게 예술가는 멀리서 나를 불렀다.


"이제 여기 합시다!"


고추와 가지 라인이 기다리고 있었다. 토마토까지는 그렇다 치지만 이제 여기까지? 혹시 농장 일손이 부족해서 이때다 싶어 나를 부리는 건가? 각종 의심이 들 무렵 예술가가 그만하고 돌아가자며 다시 휘적휘적 걸었다. 묵직해진 양동이를 두 손으로 안아 올려 그를 따라 비닐하우스 바깥으로 나갔다. 이미 땀은 한껏 흘린 상태로 우리는 다시 마주 앉았다.

다행히 논밭 바람이 계속 불어와서 금방 땀이 말랐고,

인터뷰는 원활히 시작될 수 있었다. 처음 이미지와는 달리 예술가는 이런저런 이야기를 계속 들려줬다. 옥수수밭으로 이사 온 이유, 흙을 좋아하는 이유, 본인의 서체에 어떤 마음을 담는지 등 생각보다 자세히 말해줘서 놀라는 지점이 많았다. 그중 가장 기억에 남은 말은 원로 예술가들에 대한 비판이었다.

"나는 개인전 안 열어요. 내가 개인전 열었다고 해봅시다. 저한테 배웠던 수많은 제자들이나 후배들이 찾아와서 예의상 제 작품을 사겠죠? 사지 말라 해도 그게 마치 예술계 예절인 것처럼 삽니다. 그거 다 원로들이 망쳐놓은 문화예요. 원로면 원로답게 뒤로 물러나서 개인 작품집 만들고 무료로 나눠주면 됩니다. 왜 젊은 사람들 기회랑 지갑까지 노리는지 이해가 안 돼요."

여태껏 인터뷰했던 원로 예술가들에게서 들을 수 없는 말이었다. 실제로 개인전 취재를 여러 번 나가보면 액자마다 작은 스티커가 붙어있다. 스티커가 붙은 작품은 팔렸다는 뜻이다. 예술 협회에서 힘이 셀수록, 원로일수록, 남성일수록 스티커는 늘어난다. 물론 우연히 들른 전시회에서 작품이 너무 마음에 들어 덜컥 구매하는 사람들도 있을 테지만, 대개는 협회 소속 사람들과 선배들과 후배들과 기업인들이 알음알음 사가는 장면이 자주 보인다. 결국, 예술의 향유라는 건 그들만의 세상 속에서 이뤄지는 것 같았다. 이런 내 의문에 옥수수밭의 예술가가 확고한 답을 내준 셈이다.

이야기 흐름을 깨지 않으려 예술 이야기에 집중하고 있으니
어느덧 예상 시간을 훌쩍 넘겼다. 모든 이야기를 정리하고 오늘
시간 내어 주셔서 감사하다고 한 뒤, 진짜로 궁금했던 걸 마침내
물을 수 있었다.

"선생님 그런데 토마토랑 고추랑 가지는 왜 따자고 하신
거예요?"

"아 뭐 이유가 있나! 어디서도 못해볼 거 같아서 내가 제일
먼저 안겨주고 싶어서 그랬지!"

옥수수밭의 예술가는 처음으로 활짝 웃었다. 황당하기도
하고 허무하기도 했지만 괜찮았다. 예술가 말대로 그날 이후 나는
한 번도 어느 흙밭에서 작물을 수확해본 적 없다. 아마 그날이
아니었다면 유치원 때 고구마밭으로 견학 갔던 게 내 인생 농장
경험의 최초이자 마지막이었을 것이다. 예술가는 자리에서
일어서려던 내게 잠시 기다리라고 한 뒤 튼튼한 박스를 들고 왔다.

"직접 땄으니까 이거는 다 선물이요!"

토마토와 고추와 가지에 이어 내가 따지 않았던 옥수수까지
한 아름 들고 집으로 갔다. 시간이 지나도 그날은 재미있는

기억으로 남아있다. "요즘 젊은것들은 말이야"를 시작으로
농사일을 모른다느니 얼마나 힘든 줄 아냐느니 반복하는 게
아니라 그냥 몸소 겪게 해줬던 분이다. 진행 방식이 조금만 더
매끄러웠다면 좋았겠지만, 일방적인 훈계보다는 훨씬 나았다.

예술 협회에서 일하며 인터뷰 따러 갔다가 농장일까지 하고
온 사람은 아마도 나 하나 뿐이지 않을까. 지금도 가끔 토마토를
먹을 때면 그곳이 생각난다. 옥수수밭의 예술가는 건강히 잘
지내고 계실까. 궁금해서 검색해봐도 소식이 나오지 않는다.
여전히 개인전은 열지 않나 보다.

# 이게 된다고? 이게 되네?!

----------------------------

회사 규모가 작을수록 직원 수도 적지만, 한 명의 직원이 맡는 업무량은 결코 적지 않다. 때로는 중소기업 직원의 업무량이 비슷한 직종 대기업 직원보다 많을 때도 있다. 예를 들어, 대기업엔 회계와 인사를 특정 부서가 나누어 처리하지만 5인 미만 사업장은 한 직원이 다 맡는다. 회계와 인사는 물론 사업비 책정부터 각종 잡무까지 모두 다 해내야 한다.

내가 일했던 예술 협회도 이사장을 제외하면 총 4명이었다. 몇천 명에 이르는 협회 회원과 몇백억 원에 이르는 예술 사업비를 4명, 아니 사보 기자인 나를 빼면 3명이 관리하고 있었다. 결국, 나뿐만 아니라 모두가 올라운더가 돼야 했던 셈이다.

사보 기자는 오로지 사보 제작에만 힘을 쏟아도 야근을

반복하는 편이어서 행정 편제에서 제외한다고 했다. 하지만 이미 취재 시스템이 몸에 배어있었던 나는 갈수록 여유로웠다. 다들 알다시피 회사에서는 안 바빠도 바쁜 척, 바쁘면 더 바쁜 척을 해야 한다. 그렇지 않으면 옳거니 하고 일거리를 더 던져주기 때문이다. 아직 사회초년생이었던 나는 여유로움을 숨기는 데 미숙했다. 전임자들이 툭하면 야근했는데 단 한 번의 야근도 없고, 심지어 오후 6시 00분 00초가 되자마자 가방을 들고 나가버리는 나를 보며 다들 똑같은 생각을 하지 않았을까.

'적응했구나! 그럼 더 일하렴!'

그래서 떠맡게 된 일이 바로 대필이었다. 이사장의 인사말이나 축사, 언론기고문 등을 대신 쓰기 시작했다. 심지어 이사장은 한 지상파 방송사의 시청자 위원이었는데, 이 의견서까지 내가 직접 썼다. 한 마디로 이 협회에서 나오는 이사장의 말과 글은 모두 내 손에서 뽑혔던 것이다. 처음엔 이해할 수 없었다. 어떻게 기관장의 말과 글을 직원이 쓰는 건가 싶어 나만 특수한 경우에 있는 줄로만 알았다. 그러나 대부분의 기관장이나 사회적으로 중요한 위치에 있는 사람은 이렇게 자신의 글을 대신 써주는 비서가 있다는 걸 추후 알게 됐다. 그리고 책 뒤편부터 나오겠지만, 그 글 쓰는 비서 자리가 미래에 나의 직업이 될 거라고는 이때까지만 해도 전혀 예상할 수 없었다. 사람의 인생은 언제나 알 수 없는 방향으로 흐른다.

어쨌든 이사장의 말과 글을 내가 담당하기 시작하면서

처음엔 자주 삐걱거렸다. 그동안 살면서 어떤 행사 기념서나 안내서에 있는 기관장 인사말을 유심히 읽어본 적이 단 한 번도 없었기에(너무 재미없고 식상하니까!) 감 잡기가 어려웠다. 이사장 인사말이 기록된 전시 도록부터 모두 뒤져가며 어느 정도의 틀을 만들었다. 틀을 만들고 나니 그때부터는 쉬웠다. 예술 쪽 인사말은 시사적이거나 아주 뜨거운 감자를 다루지 않기 때문에 좀 수월한 편이다. 혹시나 누군가의 비서님이 이 책을 읽고 있을지도 모르니 간단하게만 알려드리자면, 첫 시작은 계절 이야기로 들어가면 된다. 정말 진부하지만, 그럼에도 날씨와 계절로 시작하는 이야기는 K-감성의 기조에 어긋나지 않아 늘 안전하다.

다음은 행사 성격에 맞는 역사적 인물이나 거장의 명언을 가지고 오면 된다. 연극 행사라면 셰익스피어, 서예 행사라면 추사 김정호, 서양화 행사라면 모네나 고흐 등이 되겠다. 여기서 주의할 점은 절대로 매니악한 인물을 소환해서는 안 된다는 점이다. '그래도 셰익스피어는 너무 뻔하잖아!'라고 할지도 모르지만, 뻔해서 누구든 쉽게 읽을 수 있다. 자고로 대중적인 행사의 인사말이라면, 읽는 사람이 지극히 평범한 수준에서 이해할 수 있도록 써야 한다. 꼭 기억하자. 인사말은 쓰는 사람의 지식을 뽐내는 메인 요리가 아니라 행사의 입맛을 돋우는 에피타이저일 뿐이다. 에피타이저가 메인 요리 보다 돋보이려 하다간 전체 코스를 망칠 수도 있다.

마지막엔 행사 주최 측에 대한 감사 인사를 넣어준다.

기관명은 각 기관 규모에 따라 내림차순하거나, 덩치가 비슷할 때는 가나다순으로 써준다. 때에 따라서 이 감사 인사가 인사말의 머리글로 올라올 때도 있다. 만약 인사말이 1,500자 이상으로 길어질 것 같으면 되도록 감사 인사를 첫머리에 넣어주고 서술하는 게 좋다.

큰 덩어리를 이런 방식으로 나눈다는 것뿐이지 실제 행사 성격에 따라 다양한 변주법을 적용해야 한다. 예술 행사가 아닌 정책토론회 혹은 포럼 등 시의성 있는 주제를 다룰 땐 또 여러 방식이 있을 것이다. 어느 쪽이든 중요한 건, 나만의 섹션이나 모듈을 구성해야 어떤 행사를 만나도 금방 써 내려 갈 수 있다는 점이다. 이렇게 인사말과 축사는 나만의 모듈이 있어 금방 썼지만, 가장 당황스러웠던 건 이사장이 아닌 다른 사람의 칼럼까지 대필해야 하는 일이었다.

협회 사보라는 건 그 협회의 힘을 자랑하는 성격이 짙다. 어떤 행사를 열었고, 어떤 사람들과 만났으며, 어떤 성과를 냈는지 등 로동당 기관지처럼 찬양의 색깔로 채워져 있다. 특히 이 사보를 누가 관심 있게 보는지, 그 사람이 어떤 칼럼을 싣는지를 보여주는 것도 중요하다. 이에 고위직 인사들에게 이사장이 직접 전화해서 칼럼을 한 편 써달라고 하는 편이다.

보통 그 명사가 글 쓰는 비서를 고용하고 있지 않거나, 본인도 필력이 저조할 때는 그쪽에서 먼저 거절하는 경우가 많다. 그러면 이쪽에서도 대체로 포기하는 편인데, 이사장이 갈수록 내 필력에

의존하게 된 것이 문제였다. 명사의 이름만 빌릴 뿐 실상 내용은
모두 내가 쓰도록 부탁하기 시작했다. 이 황당한 일의 시작은
대형 사찰에 있는 한 주지 스님과 이사장의 통화였다. 스님 중에도
불화 및 서예 등의 작품 활동을 하는 분들이 많다. 그 주지 스님은
언론에도 자주 노출될 정도로 꽤 유명한 분이었다. 이사장은
대부분의 통화를 스피커폰 상태로 했기에 통화 내용이 다 들렸다.

　"안녕하세용 스님~ 우리 사보에 칼럼 하나 써주시지예."
　"아이고 이사장님, 저는 글도 못 쓰고 컴퓨터도 할 줄
모르는데 어떻게…"
　"아, 마 그라면 종이에 펜으로 써주이소!"
　"그게 아니라요, 저는 글보다는 그림이나 붓질이 더 편합니다.
다음에…"
　"그라면 스님! 이름만 빌려주이소! 우리 협회에 글 잘 쓰는
사람 하나 있으니까, 그 글 딱 보고 나서 스님 이름으로 올릴지
말지만 정해주면 됩니당!"
　"아 그럴까요? 그럼 저야 편하죠."

　통화 내용을 무심하게 듣던 나는 누가 쓸지 궁금했다(그게
너야). 예술 평론가일지 아니면 전문 칼럼니스트일지, 그렇다면
그 사람의 원고는 내가 교정해야 하는 건지도 궁금했다(아니 너가
쓴다고). 유명한 주지 스님 이름으로 칼럼이 올라간다 생각하니

재밌겠다 싶었던 그때, 이사장이 갑자기 나에게 오더니 밝고 맑은 얼굴로, 특유의 콧소리로 말했다.

"안 기자! 통화 내용 들었제? 불교 미술이랑 어째 섞어가지고 글 하나 써봐 방!"

나는 순간 너무 당황해서 자동반사적으로

"제가 왜요?"

라고 뱉어버렸다. 이사장 본인도 머쓱했는지 깔깔 웃었다. 그러더니 이내 나를 타이르기 시작했다. 이 스님 글이 올라야 사보 힘이 실리고, 그래야 사보 제작 지원금이 원활하게 나올 거라며 거의 사정에 가깝게 설득했다. 당시 협회 사보는 부산시청 보조금을 통해 나오고 있었다. 시청 지원이 끊기지 않으려면 사보 영향력이 커야 하고, 영향력이 크려면 당연히 유명 인사의 이름이 자주 거론돼야 했다. 피할 수도 없고 즐길 수도 없는 상황이지만 그렇다고 해서 불법적인 일을 시키는 것도 아니기에 써보기로 했다.

불교와 미술, 어느 하나도 나와 관련 없지만 원래 세상일이 다 '이게 된다고?'에서 '이게 되네?!'로 흘러가는 법이지 않나. 주지 스님이 그동안 언론에서 인터뷰한 내용부터 불화 관련 자료까지 꼼꼼히 찾았다. 무신론자인 내가 자발적으로 종교 교리나 역사를 찾아볼 줄은 꿈에도 몰랐다.

그렇게 탱화와 미술 문화를 섞어 한 편을 완성했다. 탱화는 불교 신앙 내용을 압축해 그린 불화의 일종이다. 사찰에 들어섰을 때 벽부터 천장까지 가득한 그런 그림이라 생각하면 쉽다. 그런 탱화의 아름다움을 찬양(?)하고 탱화를 중심으로 한 대한민국 미술대전을 열어보자는 다소 거창한 결론으로 마무리 지었다. 이제 와 솔직히 말하자면 될 대로 되라는 심정으로 썼다. 전문가가 쓰는 것도 아니고, 자발적인 기고가 아니라 떠밀리듯 받은 일이니 너무 고심하지 않기로 했다.

그러나 주지 스님은 원고를 보자마자 너무 마음에 든다며, 본인이 하고 싶은 말이 다 들어가 있다며 기뻐했다. 이게 문제였다. 그때부터 이사장은 어떤 기업인이나 기관장이 "나는 글을 못 쓰는데!" 하면 "우리 기자가 맛깔나게 쓰니까 걱정 마이소!"라며 당연한 코스로 이어갔다. 두세 번 반복되자 나는 깨달았다. 그래, 그만둘 때가 됐구나.

퇴사 준비를 시작했다. 그동안 썼던 글과 몇 가지 파일들을 정리하며 포트폴리오 초안을 만들었다. 물론 아무도 모르게 정말 티 내지 않고 조용히 준비했다. 계약서상 퇴사 한 달 전에만 통보하면 됐기에 나는 두어 달 전부터 조금씩 준비했다. 퇴사 준비는 웬만하면 비밀리에 진행하는 게 낫다. '퇴사=배신'이라는 말도 안 되는 공식을 DNA에 집어넣은 K-노동환경에서는 배신자

신분으로 노동하는 기간을 최대한 줄여야 한다. 퇴사나 이직을 비밀리에 차분히 준비하고, 통보 후 한 달 동안 인수인계에만 집중하면 그나마 '착한 배신자'로 남을 수 있다. 또한, 본격적인 퇴사까지 한 달여의 기간 동안 마지막까지 남아있는 영혼을 모조리 짜내는 곳이 있기 때문에 이직 준비는 두어 달 전에 미리 하는 게 좋다.

"우리 회사는 그렇지 않을 거야!"라고 해도 마찬가지다. 인간관계의 진짜 바닥은 첫 만남이 아닌 헤어짐에서 나타나므로 마냥 믿을 수 없다. 내가 나가면 이 자리를 대신할 사람이 없을 것 같을 수도 있다. 하지만 세상사 내가 아니면 안 되는 일은 거의 없다. 나 역시 올라운더로 일했으니 이 정도의 일 처리를 해낼 수 있는 사람이 있을지 걱정은 됐다. 이사장이 심각한 목소리로 걱정을 표했고 사무국장도 안 나가면 안 되겠냐고 부탁했다.

그럼에도 내가 퇴사를 밀어붙인 건 이 자리는 누군가로 채워질 것이고, 또 계속 이어질 거라는 사실을 알기 때문이다. 아울러 그토록 소중했던 사람이라면, 장래를 보장하고 계속 함께하고 싶은 사람이었다면, 퇴사를 눈곱만큼도 생각하지 않도록 진작에 직원 처우를 잘 해줬어야 하는 게 맞다. 노동자가 사용자 사정을 봐줄 이유는 세상 어디에도 없다. 서로의 예의를 지키는 선에서 그만두고 작별을 고하면 그만이다.

나는 내가 할 수 있는 모든 일을 다 했고, 인수인계까지 꼼꼼하게 처리했다. 그렇게 뜨거운 여름, 나는 다시 전업 고시생 신분으로 돌아갔다. 예술 협회의 사보는 역시나 다음 달도, 그 다음 달도, 지금도 무난하게 발행되고 있다.

Level 3.

# 안녕하세요, 정의당입니다

크고 과중한 업무에 작고 소중한 월급이었기에 퇴사 시점에
모아둔 돈도 크지 않았다. 기껏해야 3개월을 겨우 버틸
수준이었고, 이 돈이 떨어지면 다시 일자리를 구해야 했다. 그러니
3개월, 3개월이 내게 주어진 마지막 기회였다. 겨울이 오기 전
열심히 일해서 죽음을 면한다던 개미와 배짱이 속 일개미처럼, 나
역시 겨울이 오기 전까지 살아남을 방도를 구해야 했다.

　　최종 목표는 메이저 언론사 기자였다. 협회 기자직에
있으면서 이 갈망은 갈수록 커져만 갔다. 협회 사보 기자는
취재 현장에 나가면 항상 취재 라인 최후로 물러나야 한다. 힘
있는 언론사들이 선두에서 잘 취재할 수 있게 비켜줘야 하는 게
암묵적인 예절이었다. 예를 들어 대한민국 누구나 들어도 알 법한

예술계 큰 행사가 있다면, 지상파 3사의 카메라가 1선 중앙에 선다. 그 옆이나 대각선에는 종합 편성 채널이나 뉴스 전문 채널 카메라가 들어선다. 메이저 신문사나 지역 핵심 언론사 사진 기자들이 또 비슷한 선에 서 있다. 그 뒤엔 중소 언론사, 혹은 나처럼 기관에서 취재하러 온 사람들이 우후죽순 몰려있다. 통신사 기자들은 이미 취재 및 녹음에 용이한 자리를 꿰차고 있다.

그런 현장에 협회 사보 기자 신분으로 가면 이리저리 치인다. 사진 촬영까지 맡아야 했던 나 역시 구도 좋은 자리에 서 있으면 어느새 비켜줄 것을 권고하는 요청이 곳곳에서 들어온다. 취재 욕심에 버티고 있으면 소속이 어딘지 물어본다. "OO예술협회 사보 기자입니다"라고 하면 뭔가 알겠다는 눈빛으로 고개를 끄덕인다. 여기는 당신이 있을 자리가 아니라는 뉘앙스와 눈빛으로 얼른 뒤로 가는 게 현장 조율에 좋다고 타이른다. 타이른다기보다는 부드러운 언어로 강요하는 것에 가깝다. 예술 행사라서 이 정도지 정치나 사회 뉴스 현장이면 거의 욕설과 윽박지름이 난무한다. 나는 좋은 자리를 번번이 포기해야 했다.

사실 이건 취재 현장의 관행이긴 하지만, 내 문제도 분명 있다. 아무리 매체 파워가 적어도 열정을 가지고 여긴 내 자리라고, 비킬 의무가 없다고 버틸 수도 있었다. 잠깐 시끄러워지더라도 내가 맡은 콘텐츠의 퀄리티를 높이려면 몸을 사리지 말았어야 했다. 그러나 솔직히 말하자면, 자격지심이 컸다. 내 주제에 메이저 언론사에게 무슨 명분으로 대응할 것인지 내세울 수 없었다. 기사를 끝내주게 쓴다거나 사진을 멋들어지게 찍기 때문에 내 실력에 맞는 자리가 여기라고 말할 수 없었다. 그리고 그들은 미래에 내 선배가 될 수도 있는 사람들이었다. 넘지 못하는 벽이 느껴졌고, 현장 취재 횟수가 늘어날 때마다 자격지심도 커져만 갔다. 이걸 이기기 위해선 내가 그 자리로 가는 수밖에 없었다. 메이저 언론사 기자. 그 자리에 앉기만 하면 다 괜찮을 것 같았다.

언론고시에 수없이 도전했다. 준비하는 것도 힘들지만, 시험 과정은 더 첩첩산중이었다. 일반 기업들처럼 이력서와 자기소개서를 제출해야 한다. 언론사에서 보는 자기소개서는 특히나 유의해서 써야 했다. 비문이나 오탈자가 없어야 하는 것은 기본이고, 전체적인 스토리 텔링부터 문장력 또한 좋아야 했다. 당연히 일반 기업들의 자기소개서 역시 그러해야겠지만 글을 써야 하는 직업인 만큼 더 신경 써야 했다. 심지어 본인만의 취재 계획서와 작문 작품을 서류 전형에서부터 제출하라는 곳도 있다.

이 서류 전형을 통과하고 나면 필기시험을 치른다. 논술 혹은 작문을 통해 당락을 가르며, 주제는 시험 당일에 주어진다. 조선 시대 과거 시험처럼 주어진 시간 안에 일필휘지로 한 편의 글을 완성해야 한다. 시험 당시에 가장 뜨거운 시사 이슈가 나올 수도 있고, '보수와 진보' 혹은 '민주주의와 공산주의'처럼 거시적인 개념이 출제될 수도 있다. 내가 시험 치를 때만 해도 JTBC를 제외한 모든 언론사가 수기 논술을 시행하고 있었다(JTBC는 인터넷이 차단된 노트북을 지급하고 워드프로세서로 글을 쓰게 했다).
논술을 쓸 때 워드프로세서가 조금 더 편리한 건 사실이지만,
어쨌든 자기만의 주장과 근거가 머릿속에 논리 정연하게 짜여
있어야 펜이든 키보드든 움직일 수 있어서 딱히 큰 차이는 없었다.
글을 다 쓴 뒤엔 시사상식 시험이 기다리고 있다. 법안 입법 과정,
대통령의 법적 권한 범위, IAEA의 역할 등 시사 관련 기본 개념을
묻는 시험이다.

　이러면 절반 정도 왔다. 필기시험에 합격하면 현장 취재를
거친다. 취재 아이템은 개인이 선택하되 대략적인 주제는
주어진다. 방송 기자는 카메라 테스트도 거쳐야 한다. 그야말로
합격하자마자 곧바로 현장에 투입될 수 있는 능력이 되는지
보는 것이다. 현장 시험이 끝나면 집단 토론, 즉 찬반으로 나뉘는
사안에 대해 조별로 토론해서 점수를 부여받고 마침내 최종
면접장으로 향한다. 나열한 순서가 바뀔 때도 있지만, 대부분
비슷한 흐름으로 간다. 서류 과정부터 필기, 현장 취재, 카메라
테스트, 집단 토론, 최종 면접까지 짧게는 한 달, 길게는 두어 달이
걸릴 때도 있다. 대형 방송사는 때에 따라 합숙 면접을 하기도
한다. 그렇게 여러 겹의 거름망을 거치면 한 자릿수의 수습기자가
살아남는다. 과정 자체가 지난하기에 마지막 단계에서 탈락한
지원자는 마음을 수습하는 데 꽤 오래 걸린다고 한다.

　나는 번번이 최종 면접장이나 현장 취재에 가지 못했다.
카메라 테스트까지 통과한 적도 있지만, 문제는 필기시험이었다.

즉석 글쓰기, 그러니까 충분히 고심할 시간 없이 곧바로 써내려야 하는 환경은 나에게 맞지 않았다. 간혹 이런 점을 보완하려 예상 논제를 조사한 후 각 주제에 맞는 글을 통으로 암기해서 오는 지원자도 있다. 그러나 암기 능력마저 좋지 않은 나는 아무런 방책이 없었다. 한마디로 실력 부족.

　이와 달리 준비 기간을 얻고 제출해야 하는 글은 척척 잘 붙었다. 준비 당시 '프레시안'은 2천 자 내외의 작문 과제를 서류 과정에서 요구했고, '미디어오늘'은 취재 계획서 5종을 미리 써오라고 했다. 이 두 과정을 통과해야 필기시험 자격이 주어졌다. 보통 언론사 필기 시험장은 중·고등학교를 빌릴 정도로 규모가 크지만, 프레시안과 미디어오늘 시험장은 단 하나의 고사장이면 충분할 정도로 서류 합격자가 적었다. 그 소수의 합격 집단에 나도 포함됐다.

　그 밖에도 자기소개서는 웬만해선 떨어진 적 없었고, 글을 이용한 공모전 같은 것도 곧잘 수상했다. 하지만 즉석에서 쓰는 글에 매번 난관을 겪다 보니 점점 자신감을 잃었다. 어차피 기자가 된다 해도 빠르고 정확하게 써야 할 텐데(물론 지금의 한국 언론이 정확성을 추구하는지는 의문이지만) 글을 쓰기 위해 오랜 시간이 필요한 나는 운 좋게 합격해봤자 문제가 많을 것 같았다. 간혹 사람들에게 이런 고민을 말하면 어차피 현직에서 다 배울 테니 걱정하지 말라는 조언도 있었다.

　하지만 될 때까지 해보자는 식으로 계속 도전하며 장기

미취업 상태로 있기엔 내 앞의 현실이 각박했다. 생물학적
아버지는 본인이 바람을 피워놓고도 당당하게 이혼을 요구했고,
이혼하면서 집을 담보로 자기 생활비까지 대출해 간 상황이었다.
다행히 이자와 원금은 그가 갚고 있었지만, 언제 갑자기 책임을
회피할지 모르는 상황이었다(결국 그는 갚지 않고 있다). 이러니 장기
미취업에서 빠르게 벗어나야 했다.

   어떤 꿈에 도전할 때 자신의 재능이 보인다면 환영할 만한
일이지만, 달성은 없고 재능만 있는 상태로 머문다면 다시
생각해봐야 한다. 그건 재능이 아니라 작은 가능성에 불과했을
수도 있기 때문이다. 오랜 꿈에 대한 간절함이 클수록 마음이
찢어지는 것 같지만, 때로는 조각난 마음을 잘 붙들고 다음을
위해 꿰는 것도 능력이다. 이 조각보를 더 나채롭게 엮어 펼칠 수
있는 곳을 빨리 찾아야 한다. 나에겐 언론인이 될 수 있는 재능
대신 작은 가능성만 있었고, 이제는 꿈을 포기할 때였다. 고민
끝에 글을 쓰면서 생을 이어갈 수 있는 곳이 어딘가엔 있을 거라는
희망을 가지고 하나씩 찾아 나갔다.

   그러다 면접까지 봤던 한 출판사가 떠올랐다. 미디어
스타트업에 가까웠는데 지금은 꽤 유명해져서 책을 좋아하는
사람이라면 누구나 들어도 알 법한 곳이다. 책과 뉴스를 결합해
새로운 시장을 연 곳, 그곳이 생각나서 회사 홈페이지를 다시
방문하고 소식을 하나씩 찾아봤다. 그러다 편집장 겸 대표를
맡은 사람의 인터뷰 기사를 읽는데 본인이 한 국회의원의 보좌관

출신이라 말했다. 보좌관은 정확히 무슨 일을 하는 건지 궁금해서 찾아보니 정말 다양한 일을 하고 있었다.

정책을 짜는 보좌관도 있고 정무를 기획하는 보좌관도 있었다. 보좌관보다 직급이 낮은 비서진도 있었는데, 이 비서 중 공보 비서라는 직종이 눈에 들어왔다. 정치인의 연설문부터 정책 메시지 등을 글로 쓰고, 언론 대응을 담당하는 비서였다. 순간 머리가 번뜩였다. 예술 협회 이사장의 말과 글을 쓴 경험도 있고 언론 시스템도 어느 정도는 알고 있으니 도전해볼 만 했다. 그러나 보좌관이나 비서 등 전반적인 보좌진은 공채가 없었다. 국회의원들이 각자의 사정에 맞게 신규 인력을 구하거나 경력자를 모집하고 있었다. 특히 공보 비서 자리는 희소성이 있어서 빈자리가 잘 나지 않았다.

역시 내가 무슨 정치권 도전인가 싶어 포기하려던 그때, 등잔 밑이 어둡다는 걸 깨달았다.

박근혜 전 대통령 탄핵 후 5월 대선이 치러진 해였다. 당시 대선 후보 토론을 보던 나는 문재인 후보보단 심상정 후보를 지지했다. TV토론 마지막 5분 발언, 즉 대선 후보들이 유권자들에게 마지막으로 읍소하는 중요한 순간에 심상정 후보는 성소수자 지지를 외쳤다. 동성애는 찬반으로 나뉘는 게 아니라며, 성소수자들과 함께하겠다는 후보를 보며 나는 정의당에 입당하자고 결심했다. 곧바로 입당원서를 쓰고 정의당 당원이 됐다.

'맞다, 나 정의당 당원이었지?'

왜 정의당 홈페이지에서 찾아볼 생각을 못 했을까.
홈페이지에 들어가니 거짓말처럼 채용 공고가 메인 화면 하단에
걸려있었다. 이정미 당대표의 공보 비서를 뽑는다고 했다. 서류
마감 이틀 전이었다. 정말 마지막 기회라 생각하고 이틀 동안
자기소개서를 쓰고 이력서를 완성해 전송했다.

며칠 뒤 서류 합격 소식과 함께 과제물을 제출하라는 공지를
받았다. 정치인들은 공식 토론장이나 회의장에서 '모두발언'을
통해 정치적 메시지를 던진다. 이 모두발언, 당대표가 차후 있을
회의에서 할 모두발언 3개를 쓰라는 미션이었다. 준비할 기간도
충분해 열심히 써서 보냈다. 지원 후 남는 시간엔 혹시 모르니
일반 사기업 홍보팀 취직을 준비하고 있었다. 토익 점수를 더
올려야 해서 영어 공부를 다시 시작했고, 생계를 위한 다른 계약직
자리도 틈나는 대로 찾아봤다.

주로 도서관에서 공부했는데, 발끝이 시려올 무렵이었으니
겨울이 눈앞에 다가오고 있었다. 더이상 내겐 여유가 없었다.
그러다 어느 날 전화가 울렸다.

"안녕하세요, 안희석 선생님. 정의당 중앙당입니다. 면접
가능하실지 해서 전화드렸어요."

그렇게 난 서울로 향했다.

# 여의도, 국회, 정당

--------------------

서울 땅은 좁으면서도 넓다. 실제 면적은 좁지만, 너무 넓은
세계들이 구겨져 있다. 그래서 때로는 터질 것 같기도 하다. 그런
서울에 숱하게 놀러 갔으면서도 국회 앞을 지날 일은 없었다. 내게
여의도는 금융단지, 고위 인사들이 오가는 자리, 방송국이 있는
곳에 불과했다. 이제야 말하지만*, 면접 당일에 국회를 태어나서
처음 실제로 봤다. 상상보다 훨씬 컸다.

정의당 당사는 국회 바로 앞 정당 건물들이 모인 곳에
있었다. 대각선엔 자유한국당이, 한 건물 너머엔 더불어민주당이,
옆 건물엔 바른미래당이 있었다. 바른미래당 1층에 있던

---

* 훗날 비서실장님이 "설마 면접 때 국회 처음 본 건 아니지? 하하하" 하길래
  나는 "에헤이~ 그럴 리가요~ 하하하"라고 말했다. 어으 눈치도 빠르셔 진짜.

스타벅스에서 마음을 가다듬고 정의당 건물로 들어갔다. 쭈뼛쭈뼛 입장한 정의당 당사에서 몇 분 정도 대기하다가 면접실로 들어갔다. 내심 심상정 의원이나 이정미 당대표, 혹은 노회찬 의원 중 한 사람이라도 있지 않을까 했지만 역시나 셋 모두 없었다. 당연했다. 이들은 당의 국회의원이자 지도부로서의 역할을 맡을 뿐, 사람을 채용하고 면접하는 건 실무진들 몫이기 때문이다.

면접실에 들어서자 실무진 중 한 분이 생각보다 내 얼굴이 어려서 놀랐다고 했다. 놀랄 만도 했다. 당시 공보 비서 채용 때 내가 기입한 개인정보는 이름이 전부였다. 나이도, 성별도, 출신 학교도, 사진도 없이 활동 내용만 보는 블라인드 채용이었다. 면접은 간단했다. 정의당에 입당한 이유부터 공보 비서의 책임 의식을 묻는 등 기본적인 면접 과정이 이어졌다. 짧은 면접 후 따뜻한 인사와 함께 면접비도 넉넉히 받고 부산으로 돌아왔다.

면접 후 찾아온 주말. 취업 스터디에 가던 길에 전화가 왔다. 정의당과 함께 일하자는 전화였다. 살면서 처음으로 합격이라는 걸 온전히 내 힘으로 취득한 기분이었다. 물론 수능 후 대학 입학도 합격의 경험이지만, 그건 솔직히 집안의 지원으로 가능했던 일이다. 내가 벌어들인 돈으로 자발적으로 준비하고 합격하는 건 처음이었으니 더할 나위 없이 기뻤다. 주변에 좋은 소식을 먼저 알리고 집에는 직접 전하기로 했다.

이때까지도 엄마는 내가 재취업을 준비하는 줄 모르고 계셨다. 예술 협회를 그만둔 후에도 매일 출근 시각에 나가서 공부하고 귀가 시간에 들어갔다. 흔히들 말하는 해고된 가장의 서러움 같은 구식 신파극을 그린 건 아니다. 그저 내가 원해서 하는 일이었고 집안 분위기가 위태로우니 조용히 준비하고 싶었다.

늦은 저녁에 엄마에게 그동안 있었던 일과 결과를 전해주니 돌연 미안하다는 답이 돌아왔다. 엄마와 나 사이엔 언제나 이런 감정들로 채워져 있었다. 딱히 누군가가 잘못하지 않고 사과할 이유도 없지만 괜히 미안하다는 말이 먼저 나오는. 커다란 사건을 겪은 뒤 남은 상처가 아직 여물지 않았기에 당연했다.


모든 짐을 꾸려서 서울로 부치고 생활할 곳이 정착되면서부터 시간은 아주 빠르게 흘러갔다. 신원 조회서를 작성하고 국회 출입증이 발급되고 명함도 나왔다. 한 명함에는 '대표비서실 차장 안희석'이, 한 명함에는 '이정미 국회의원 비서 안희석'이 기록됐다. 첫 출근은 국회 내 정의당 회의실이었다. TV 뉴스에 정의당이 한 번씩 나오면 커다란 현수막 앞에 앉아 발언하던 그곳. 교섭단체들에 비하면 턱없이 작은 공간이었지만, 태어나서 국회를 두 번째로 본 상태에서 입장하던 내겐 너무나 크게 느껴졌다. 아침 모두발언이 있을 터라 방송사 카메라와 기자들이 들어섰고 나도 한쪽에 자리 잡고 앉았다.

'예술 협회 기자 땐 그렇게 멀찍이 떨어져 앉았는데 이젠 꽤 가까이 앉는구나.'

내가 생각해도 조금 웃겼다.

모든 모두발언과 공식 회의가 끝나고 비서실장님이 나를 끌고 이정미 대표님 앞으로 갔다.

"대표님, 이 친굽니다. 새 공보 비서."

"오! 잘 왔어요!"

대표님은 환하게 맞아줬다. TV로만 접하던 사람의 환대를 받고 있으니 이게 꿈인지 현실인지 구분이 잘 안 됐다. 모르는 사람을 만나면 언제나 반복되던 어색한 웃음과 함께 고개 숙여 인사했다. 그날 아침에 입었던 옷부터 모든 순간을 지금도 잊지 못한다. 그렇게 나는 이정미 대표님의 공식 비서가 됐다.

흘러가는 시간보다 더 빠르게 성장해야 했다. 공보 비서 일은 당연히 나 혼자만의 힘으로 하는 게 아니다. 총 3명의 공보 비서로 이뤄진 팀이 있었고, 그중의 막내로 들어간 나는 경력도 나이도 가장 초라했다. 바로 위 선배는 10년의 정치사회부 기자 경력을, 그 위 선배는 공보 비서직만 10년 이상 해낸 역사를 가지고 있었다. 경력 차이가 최소 10년이다 보니 내 입장에선 왜 내가 뽑힌 건가 의문일 정도였다. 그러니 이 경력 차이를 좁히려면 하루를 사흘처럼, 1년을 3년처럼 보내야 했다.

공보 비서라는 직종은 기업이나 공공기관에도 있다. 영어로 'a press secretary'로 불리듯 언론 대응을 주로 맡을 때가 많은데,

정치권 공보 비서는 조금 다르다. 언론 대응은 물론, 자신이 맡은 정치인의 메시지 전반을 관리한다고 생각하면 된다. 연설문, 인사말, 행사 축사, 소셜미디어 메시지, 모두발언 등 한 정치인의 말과 글을 전담한다. 정치는 결국 말과 글의 싸움이기에 누가 더 정제된 언어로 날카롭게 던지느냐에 따라 판세가 바뀐다. 이에 공보 비서들의 전략적인 메시지 기획이 해당 정치인의 유명세나 재선 여부를 결정한다 해도 과언이 아니다.

그렇다고 정치인들이 아무것도 하지 않고 꼭두각시처럼 공보 비서들의 글을 뱉는 건 아니다. 각자의 판단에 따라 첨삭해 발표하기도 하고, 대략적인 메시지만 비슷하게 유지한 채 본인의 개인기에 맞춰 발표하는 경우도 많다. 노회찬 의원님이 그런 분이었다. 또한, 정치인이 말과 글의 뼈대를 공보 비서에게 맡길 동안 본인 역시 정치적 철학을 키우기 위해 노력을 다해야 한다. 그래야 보좌진의 메시지 기획을 소화하고 활용할 수 있기 때문이다. 국회의원들은 무조건 놀고먹기만 한다고 다들 믿을 것이다. 나도 그랬으니까. 그러나 매일 열심히 공부하고, 부지런하게 법안을 고민하는 의원도 많다. 정의당의 국회의원들은 모두 후자였다.

경력이 부족한 나는 처음엔 이정미 대표님의 서면 인사말과 축사 등을 썼다. 행사 주최 기관 측의 부탁을 받으면 초안을 짜고 내용을 완성해서 비서관님께 검토 요청을 넘기는 등의 과정을 거쳤다. 예술 협회 이사장의 축사는 한 달에 서너 건이었는데,

정의당에 오니 하루에 서너 건을 써야 했다. 정치의 영역이다 보니 정책 자료나 통계 자료까지 잘 참고해 녹여내야 했다. 그러니 서면 인사말이나 축사만 써도 하루가 금방 지나갔다.

처음 현장 발언을 쓴 건 장애인 단체 행사에서 발표할 대표님의 인사말이었다. 장애인 단체를 향해 어떤 말로 시작할지 감이 안 잡히고, 무슨 메시지를 넣는 게 좋을까 고민이었다. 일단 얼개만 만들고 당내 장애인위원장님께 도움을 요청했다. 얼마 지나지 않아 위원장님은 직접 휠체어를 끌고 비서실로 오셨다. 그러면서 몇 가지 수정할 부분을 알려줬는데, 가장 문제였던 건 '돕는다'라는 표현이었다. 사회적 소수자에 대한 감수성, 특히 장애인에 대한 감수성이 현저히 부족했던 나는 연설문에 무심코 '돕는다'라고 써버린 것이다. 장애인은 마냥 도움을 받아야 하는 존재가 아니다. 동등한 시민을 두고 비장애인의 시선에서 '우리가 장애인을 돕겠다'는 뉘앙스는 굉장히 시혜적이고 무례한 표현이다. 큰 실수였다. 장애인위원장님은 돕는다는 표현 위 빨간 줄을 그으며 말씀하셨다.

"따지고 보면 꼭 틀린 말은 아니겠죠. 우리가 비장애인 만큼 신체적으로 자유롭진 않으니까요. 그런데 이건 비장애인들이 도울 게 아니라 장애인과 비장애인 모두가 살기 좋게, 사회 구조 자체를 바꾸는 게 맞겠죠? 그러니까 이정미 대표님이 장애인과 함께하겠다, 함께 바꾸자 식으로 연대를 표하는 게 좋습니다.

정치인이 장애인을 돕는 게 너무(웃음) 너무 위에서 아래로 보는 시선이죠."

　　얼굴이 화끈거려 귀까지 터질 것 같은 나를 두고 위원장님은 괜찮다고 해주셨다. 모르면 이렇게 배우는 거라고 했다. 여러 번 생각해도 정말 감사했던 순간이다. 위원장님은 나 한 사람에게만 이런 말을 하지 않았을 것이다. 하루에도 수십 번, 수백 번 들은 적 있을 것이고 꼭 '돕는다'는 말이 아니더라도 그와 비슷한 뉘앙스의 눈빛과 몸짓을 받아왔을 것이다. 혐오는 멸시의 언어로만 전해지는 게 아니다. 농인의 수어를 '세상에서 가장 아름다운 언어'라고 칭송하는 것도, 유력 후보가 되어 장애인들을 '적극적으로 돕는 대통령이 되겠다'는 다짐도 결국 장애인을 비장애인보다 부족한 존재로 보는 혐오의 일종이다. 그런 혐오 발언 당사자 중 한 명이었던 나를, 위원장님은 불쾌한 티 하나 내지 않고 가르쳐주셨다.

　　정성 들여 쓴 원고를 대표님께 넘기고 행사장에 도착했다. 행사장은 대형 홀을 빌려 진행되고 있었고, 장애인 단체의 행사인 만큼 접근성이 정말 좋았다. 때때로 비장애인이 장애인보다 훨씬 많은데 왜 장애인 중심으로 도시를 설계해야 하냐고 묻는 사람들이 있다. 그런데 막상 배리어프리, 즉 장애인은 물론 거동이 불편한 사람 모두 살기 좋은 도시가 만들어지면 장애인뿐만 아니라 비장애인 역시 한층 더 편리하고 안전해진다. 나 역시 커다란 유리문을 힘껏 밀거나 가파른 계단을 오르내리지 않고 부드럽게 이동할 수 있었다. 물리적 차별의 장벽을 낮추는 건 내 것을 뺏기는 게 아니라 오히려 더 많이 얻는 행위라는 걸 몸으로 체감했다.

행사는 각 단체 대표와 고위직 인사들의 인사말로 포문을 열었다. 통상적으로 행사장 내 정치인의 발언 순서는 의전 서열순에 따른다. 대통령, 국회의장, 대법원장 등이 최상위이며, 국회 중심의 의전 서열은 여당 대표 다음 제1야당 대표, 교섭단체 규모 순으로 생각하면 된다. 그날 행사장엔 더불어민주당과 자유한국당, 정의당 국회의원 등의 정치인만 있었다. 이에 정의당은 작은 정당인 만큼 후순위에 배치됐어야 하는데, 이정미 대표님이 정치인 중 가장 먼저 발언대에 섰다. 아마도 주최 측의 선호도나 의도가 있었을 것이다. 이정미 대표님의 인사말이 끝나고 박수가 이어졌다. 다행이었다. 고심해서 쓴 보람이 있었다.

하지만 공보 비서들이 배우고 익혀서 글로 다듬는다고 해도 앞서 말했듯 정치인 본인 역량이 부족하면 실언이 튀어나온다. 그날 자유한국당 의원이 발언대에 섰는데, 무난하게 흘러가던 인사말 끝에 말도 안 되는 문장이 흘러나왔다.


"예… 뭐 아무쪼록 우리 장애인과 정상인이 서로 돕는 세상을 저 OOO와 자유한국당이 앞장서서 만들어나가겠습니다!"

정상인. 정상인이라니. 비장애인이 아닌 정상인 세 글자가 그의 입에서 튀어나올 때 부끄러움은 왜 나의 몫인가. 해서도 안 되고 들어서도 안 될 말이 너무 당당하게 나와서 내가 다 어찌할 바를 몰랐다. 얼른 현장에 있는 장애인 참석자들의 표정을 살폈다. 몇 명은 굳은 표정이었고 몇 명은 실소를 터뜨리고 있었다. 역시나 싫었던 것 아닐까.

그 국회의원도 분명 공보 비서가 있었을 것이고, 아무리 자유한국당이라 해도 기본적인 인권 감수성이 있어서 '정상인' 세 글자는 쓰지 않았을 것이다(라고 마지막 인류애를 다해 믿어본다). 그렇게 조심스럽게 써도 메신저가 형편없으면 이런 참극이 펼쳐진다. 그러나 그 의원의 정상인 발언은 아주 작은 뉴스로도 실리지 않았다. 수많은 언론사 카메라와 기자들이 있어도 보도 한 줄 나지 않는 것 역시 권력이라면 권력이다.

그밖에도 공공연히 말하지 못할 여러 광경을 마주했다. 처음에 느꼈던 합격의 기쁨은 희미해지고 갈수록 걱정이 밀려들었다. 아침마다 국회를 끼고 당사로 걸으며 생각했다. 이 기이한 곳에서 나는 과연 잘 해낼 수 있을까, 얼마나 더 버틸 수 있을까. 돌아올 답변이 없다는 걸 알면서도 계속 물으며 걸어야 했다. 그렇지 않으면 지금의 속도에 내가 묻혀 사라질 것만 같았다.

샛강 위로 부는 겨울바람이 잦아들고 있었다. 봄이 곧 열릴 기세였다.

# 말과 글이 만들어지는 과정

------------------------------

장애인위원장님의 피드백을 받아 쓴 글처럼, 공보 비서가
만드는 연설문과 발언 등은 혼자 쓰지 않는다. 공보팀이 단체로
머리를 모아서 쓰기도 하고, 여러 전문가의 도움을 받아 자료를
수집하기도 한다. 하나의 글을 여러 명이 함께 완성하기란 그리
쉬운 일은 아니다. 각자가 추구하는 방향이 다르고, 스타일 역시
다양하기에 주도적으로 뼈대를 잡아나가는 사람이 있다. 그
사람을 중심으로 의견을 더해서 최종본을 만든다.

　　때로는 생각지도 못한 곳에서 아이디어를 얻을 때도 있는데,
3.8세계여성의날 연설문이 그랬다. 연설문을 집필할 당시, 서지현
검사님과 김지은 님의 미투로 세상이 진보하던 시기였다. 우리
사회의 고질적인 문제가 마침내 피해 당사자의 용기 덕분에

만천하에 드러나던 때, 나는 여성의날 연설문 뼈대를 완성해야
했다.

생물학적 남성인 나는 다시 태어나지 않는 이상 여성의
고통을 100% 공감하지 못한다. 데이트 폭력과 페미사이드 등의
여성 혐오 사건을 봐도 부끄럽고 화나고 슬플 뿐, 피해자의
물리적·정신적 고통을 동등한 수준으로 공감할 수 없다. 이에
무슨 말을 연설문에 넣어야 할지 오래도록 고민했다. 그러다 연설
며칠 전, 이정미 대표님과 차로 이동 중에 보물 같은 말을 들었다.
대표님은 매일 이어지는 미투 운동을 두고 이렇게 말했다.

"나는 정말 요즘 잠이 안 와. 아마 나 말고도 대부분의
여자들이 비슷할 거야. 잠재의식 안에 잠가둔 옛날 일들이 떠올라.
떠올라서 막 속에서 화가 차올라. 그렇게 속으로 화내다 보면 밤이
지나가 있어. 불면의 밤이 계속 이어지는 거지. 이런 이야기를
그냥 연설문 앞에 바로 써도 돼."

사무실로 돌아가자마자 연설문을 초안을 완성했다.
비서관님의 손을 몇 번 거친 후, 연설문이 최종 통과됐다. 그렇게
완성된 3.8세계여성의날 연설문은 다음과 같이 시작한다.

- - -

대한민국 여성들에게 불면의 밤이 계속되고 있습니다.
성폭력 피해자 한명 한명이 언론에 나와 모든 것을 걸고
고백할 때마다, 누구나 겪었던 고통의 기억들도 하나둘
복기됩니다. '왜 그때 우리는 대처하지 못했는지', '왜 나는 그때
조용히 참고 있어야만 했는지', 억울함과 분노가 뒤섞이고
있습니다.

그러나 분명히 말씀드립니다. 우리의 잘못이 아닙니다.
나날이 커져가는 반(反) 성폭력의 함성은 우리 사회에서 가장
오래되고, 가장 견고하며, 가장 비인간적인 낡은 질서를 허무는
혁명입니다. 그리고 마침내 이 혁명은 수많은 세월 동안
여성을 억눌러 온 성차별 구조를 허물 것입니다. 그 함성과 그
혁명의 시작점은 지금 당장 성차별적 권력 문화를 바꾸는 일이
될 것입니다. (후략)

- - -

정치인의 연설문은 시간의 족쇄를 차고 있다. 시간이
지날수록 자신의 발언이 덫이나 함정으로 변할 수도 있기
때문이다. 이는 연설 당사자가 얼마나 일관성 있는 정치적
행보를 보여주느냐에 달려 있다. 발언 당시엔 누구나 번지르르한

말을 할 수 있다. 그러나 그 말을 끈기 있게 지키고, 행동으로 증명하는 건 쉽지 않다. 쉽지 않다는 이유로 포기하는 순간 앞뒤가 다른 정치인으로 전락하고, 훌륭했던 연설문은 거짓투성이의 종잇조각으로 나부낀다. 그래서 더더욱, 내가 썼던 3.8세계여성의날 연설문은 아직도 소중하고 고마운 글이다. '이정미'라는 정치인은 지금도 여성 혐오와 차별을 위해 목소리를 높이며 싸우는 중이며, 앞으로도 변치 않을 것이기 때문에. 한 정치인을 향한 무한한 지지와 신뢰가 가능하다는 것을 이정미 대표님 덕분에 나는 깨달았다.

이처럼 외부 현장의 글도 쓰지만, 국회 기자회견장과 본회의장에서 하는 연설문을 쓰기도 한다. 이런 곳에는 방송사 카메라나 국회 기록용 카메라가 기본적으로 여러 대 있기 때문에 좀 더 치열하게 의견을 모아 작성한다. 힘겹게 완성한 초안이 다 뒤집히기도 하고, 몇 주에 걸쳐 최종본을 완성했다 하더라도 연설 30분 전에 뒤엎어지는 경우도 있다. 정치적 상황이 바뀌어서 일수도 있고, 국회의원 본인의 판단에 따라 완전히 다시 쓰여질 때도 있기 때문에 연설문 마지막 문장이 입으로 튀어나오는 순간까지 긴장을 늦출 수 없다.

내가 가장 공들였던 초안이 다 무산된 적 있다. 2018년 최저임금법안 반대 토론문이다. 당시 더불어민주당은 최저임금을 산정하는 범위에 식대와 교통비, 기타 부대비용을 모두 넣어버렸다. 쉽게 말해, 다음 해 최저임금 노동자의 한 달 월급은

17만 원가량이 올라야 하는데 이 17만 원 범위에 앞치마 비용, 구내식당 식권, 사무실 집기류 비용, 작업장 유지관리 비용 등을 모두 넣을 수 있도록 바꾼 것이다. 결국, 임금 인상은 꿈꿀 수 없고 오히려 삭감되는 결과까지 낳을 수 있는 끔찍한 법안을 민주당은 기어코 통과시켰다. 지금 생각해보면 보수정당 민주당(국민의힘은 '극우'다) 행보에 크게 어긋나지 않는 것처럼 보이지만, 당시는 촛불혁명 이후 새 정권이 창출된 지 불과 1년 후였다. 우리와 함께 촛불을 들던 그 정의로운 사람들이 맞나 싶었다.

이 법안을 본회의장에서 반대하는 토론문이 필요했다. 이때 초안을 내가 맡았는데, 처음에 썼던 내용이 너무 밋밋했다. 소위 말해 입바른 소리만 나열된, 누가 봐도 진보정당이 으레 할 법한 말들만 들어 있는 것이다. 어떻게 할까 고민하던 나를 본 비서실장님은 사람들의 피부에 닿을만한, 현실적인 내용을 쓰는 것도 좋지 않겠느냐고 제안했다. 사람들이 자신의 이야기이자 가족의 이야기처럼 들을 수 있는 토론문. 멀리서 찾을 필요 없었다. 나와 엄마의 이야기를 쓰기로 했다.

- - -

존경하는 정세균 의장님과 선배 동료 의원 여러분
정의당 이정미입니다.
한 여성 노동자 이야기로 반대 토론을 시작하려

합니다. 마트 시식코너 판매원이자 한 가정의 어머니인

그는 한여름에도 냉장고 앞에서 오한에 떨며, 일당 7만

원을 받습니다. 한 달 노동 일수는 약 20일로 한정돼 있어

사실상 140만 원가량으로 생활해야 합니다. 그럼에도 올해

최저임금이 올랐을 때 임금 인상 대상에서 제외됐습니다.

일당을 시급으로 쪼개면 최저시급 7,530원을 넘기기에 더

이상 줄 수 없다는 답변만 들었습니다.

　　그래도 내년 최저임금은 훨씬 더 오를 것이기에 올해만

참자는 생각으로 버티고 있습니다. 타지에서 일하는 자녀

중 한 명은 그런 어머니에게 희망을 품자며 매달 30만 원의

용돈을 부쳐주고 있습니다. 하지만, 오늘 선배 동료 의원

여러분이 개정안을 통과시키면 이 두 사람의 희망은 물거품이

됩니다. 개정안에 따라 어머니의 시식코너에 쓰이던 제품,

앞치마, 모자, 장갑 등 현물로 지급되던 것들 모두 최저임금

산입을 위해 현금으로 지급될 것입니다. 결국 내년에도

어머니의 실질적 임금은 동결될 것이며, 두 사람은 더는 감히

희망을 얘기할 수 없게 됩니다.

　　불가능한 일이 아닙니다. 이번 개정안은 최저임금 산입

관련 취업규칙 불이익 변경 시 '노동자 의견 청취'만으로도

가능케 하고 있습니다. 사용자 입맛에 따라 어떤 비용이든

최저임금으로 넣을 수 있는 것입니다. 고용노동부가 해당

내용은 근로기준법 근간을 훼손한다고 한 이유가 따로 있는 게

아닙니다.

존경하는 선배 동료 의원 여러분!

가장 참담한 사실은, 방금 제가 들려드린 여성 노동자가 멀리 있는 사람이 아니라는 것입니다. 저와 함께 일하는 막내 비서의 어머니 이야기입니다. 이번 개정안이 통과되면, 환경노동위원회 간사이자 당대표인 저는 제 막내 비서의 어머니를 볼 면목이 없습니다.

이번 최저임금 개정안은 세 가지 이름으로 부를 수 있습니다. 첫째는 <노동자 임금 삭감법>, 둘째는 <사용자 우선주의 법>, 셋째는 <노사정 대화 파괴법>입니다. 소득 2,500만 원 미만 노동자에게 아무런 피해가 없다는 것은 무책임한 낙관입니다. 개별임금 효과분석도 없이 30분 만에 급조한 법안에다, 단체교섭을 무시하고 근로기준법을 훼손하는 법안입니다. 갖은 진통 끝에 20년 만에 다시 열리기 시작한 사회적 대화 기구마저 파탄 위기로 몰아넣는 법안입니다. (후략)

- - -

비서실 반응은 괜찮았다. 다른 사람도 아니고 자신의 비서를 걸고 토론한다는 건 쉽지 않은 일인데, 운 좋게도(?) 이 법안 케이스에 나와 엄마가 포함돼 있었다. 초안을 바탕으로 공보팀의 손을 여러 번 거치고 최종본이 만들어져 대표님 손으로 넘어갔다. 본회의 1시간 전, 대표님은 이 토론문이 정말 내 이야기가 맞느냐고 물었다. 그 질문을 마지막으로 본회의는 시작됐다. 그런데 대표님의 연설 장면이 화면에 잡힌 순간 아예 다른 원고가 펼쳐지고 있었다.

- - -

존경하는 정세균 의장님, 선배 동료 의원 여러분.

저는 사실 이 법안이 환노위 법안소위에서 다뤄질 때부터 계속 반대를 해왔습니다. 이제 마지막 문턱에 와 있습니다.

국회는 이견을 다루는 곳입니다. 어떤 법률안을 정할 때, 그 법안이 어떤 속도, 그리고 어떤 방법의 차이가 있을 수 있지만, 시민들의 삶을 보호해야 한다는 그 방향은 건드릴 수 없는 것이라고 저는 생각합니다.

그 점에서 저는 이 법안은 방향이 틀렸다고 말씀드립니다. 그렇기 때문에 선배 동료 의원 여러분께서 반드시 이 법안을 부결시켜주십사 부탁드립니다. 조금 전에 법사위에서 이 안이 다뤄지는 과정을 제가 시청했습니다. 합의 과정에 대한 설명이 있었습니다. 저의 반대 의견을 소수 의견으로 하고 여야 합의로 이 안이 통과되었다고 이야기했지만, 실상은 그렇지 않았습니다. 이 법안을 다루는 법안 소위에서 교섭단체 간사

중 한 명인 저에게 표결 처리 여부에 대해서 미리 협의도 하지 않고, 회의 도중에 일방적으로 처리가 강행된 그 법안입니다.

저는 그 자리에서 이런 생각을 했습니다. '국회 안에 많은 교섭단체가 있는데 어떤 단체는 진골, 성골인 교섭단체가 따로 있는가.' 정말 모멸감을 느끼는 시간이었습니다. 뿐만 아닙니다. 21일 경총과 양대 노총이 이 법안에 대해서 최저임금심의위원회로 다시 한번 넘겨주면 자신들이 머리 맞대고 최종합의안을 만들어보겠다고 요청을 해왔습니다.

(후략)

- - -

나와 엄마의 이야기는 삭제되고 사실과 주장 위주의 토론문으로 최종 수정된 것이다. 놀랍거나 실망할 이유는 없다. 결국 마지막 키는 발언 당사자에게 있으며, 그 키는 오로지 당사자의 정무적 감각에 의존해야 하니까. 자신의 글이 온전히 녹아들지 않았다고 해서 실망을 반복한다면 공보 비서로 오래 존재할 수 없다고 생각한다. 비서실장님은 내게 항상 '내 글'이 아닌 '타인의 글'을 쓴다고, 한 정치인의 든든한 그림자가 돼야 한다고 강조했다. 대표님의 의중을 정확히 알 수 없지만, 나는 대표님의 판단을 믿었기에 크게 낙담하지 않았다.

하지만 사람의 마음이라는 게 그리 쉽게 정리되는 것은

아니다. 만약 나와 엄마의 이야기가 담긴 토론문이 국회 본회의장이라는 공간에서 펼쳐진다면 어떤 그림이었을지 가끔 생각한다. 물론 대표님도 리스크를 감당해야 했을 것이다. 다른 사람도 아니고 자신의 직속 비서 이야기를 반대 토론문에 활용한다는 건 자칫 부하 직원을 이용해 입신양명을 꿈꾸는 정치인처럼 보일 수도 있었을 것이다. 둘 중 어떤 토론문이 더 효과적이었을지 지금은 알 수 없기에 나 역시 그저 '어땠을까'하고 상상할 수밖에 없다.

나를 무기력하게 만드는 건 이런 연설문 대폭 수정 같은 일이 아니었다. 언론의 선택적 주목이 나를 가장 지치게 했다. 글을 쓰며 일한다는 건 어쨌든 내가 쓰는 글들이 세상에 공개되고 피드백 받는 과정이 따른다는 뜻이다. 고로 글 쓰는 일에 종사하는 사람들은 대부분 긍정적이든 부정적이든 내 글에 대한 반응이 궁금할 수밖에 없다. 사람들이 어떤 방식으로 내 글을 해석하는지, 또는 어떤 메시지에 주목하는지 등의 정보를 수집할수록 다음 글의 완성도가 높아진다. 나 역시 대표님의 연설이나 발언 후에 언론 기사를 계속 체크했지만, 그 수는 항상 아쉬운 수준에 머물렀다.

어떤 정치인이 아무리 좋은 말을 해도, 혹은 아무리 멍청한 말을 해도 언론이 비춰주지 않으면 시민들은 제대로 알 수 없다. 새로운 소식이나 사건이 구전동요처럼 퍼지는 세상이 아닐뿐더러 하루에 수십, 수천의 정보가 쏟아지는 미디어 환경 탓에 우리는 모두 언론이 선택한 장면을 골라서 섭취할 수밖에 없다.

정의당을 향한 언론의 주목도는 비참했다. 냉정하게 바라보면 정의당이 공감 가는 정책을 내지 못해서, 울림이 있는 연설문을 내놓지 못해서이기도 하겠지만, 교섭단체*위주로 기계처럼 움직이는 언론 관행도 한몫한다. 기억할지 모르겠지만, 정의당은 2018년에 민주평화당과 공동교섭단체를 구성한 적 있다. 그동안 정의당의 언론 공개 회의장이 열리면 방송사 카메라가 많아야 서너 대 왔었다. 그런데 공동교섭단체를 구성하자마자 다음 날부터 정의당의 공개 회의장이 열리기만 하면 카메라가 못해도 예닐곱 대는 들어왔다. 심지어 회의장 뒤편에는 나와 같은 공보 비서들이 급히 글을 처리하는 공간이 있는데 그 공간마저 내어줘야 할 정도였다. 방송사, 신문사, 인터넷신문사 구분할 것 없이 기자들이 들이쳐서 어안이 벙벙했다.

그러다 공동교섭단체가 사실상 해체되고 나서부터 카메라 수는 예전으로 돌아갔다. 거대 정당에서 특별 기자회견이라도 여는 날에는 겨우 언론사 한 곳만 정의당을 찾아오기도 했다. 상황이 이렇다 보니 의원 수 싸움에서 늘 질 수밖에 없는

---

* 국회 내 20인 이상의 소속 의원을 가진 정당을 뜻하는데, 때로는 복수의 정당과 무소속 의원이 연합해 공동교섭단체를 구성할 수도 있다. 교섭단체가 될 경우 국고보조금 지원이 늘어나고, 국회 운영 및 의사 일정 협의, 상임위원회 위원 선임, 예결 특위 위원 배정 등의 권한이 주어진다. 한 마디로 국회는 모두 교섭단체 위주로 움직인다고 생각하면 된다.

진보정당은, 주목을 받으려면 발언을 세게 내뱉을 수밖에 없다. 다른 거대 정당이 껍데기뿐인 말만 뱉어도 10곳의 언론사가 대서특필한다면, 진보정당은 단 한 곳의 언론사라도 우리 목소리를 실어줄 수 있도록 모든 문장에 '펀치 라인'을 심어야 하는 것이다. 노회찬 의원님께서 생전에 그토록 통통 튀는 비유법을 쓴 것도 진보정당에게 주어진 작은 발언권을 최대한 활용하기 위함이었다.

요즘이야 유튜브나 기타 새로운 미디어의 출현으로 그나마 채널이 생성된 판이지만, 부족하긴 마찬가지다. 정치는 여전히 기성 미디어의 힘에 의해 좌우된다. 기성 미디어가 띄우는 정치인이 '미래' 혹은 '차세대'로 불리는 경우를 우리는 너무 많이 봤지 않나. 막상 뚜껑을 열어보면 무능하고 부족한 정치인인데도 언론이 띄우기 시작하면 유력 정치인 자리에 앉기 시작한다. 안철수가 그랬고, 이준석이 그랬으며, 윤석열이 그렇다. 이 책이 나온 후부터 정치 지형이 어떻게 바뀔지 모르겠지만, 분명한 사실 하나는 기성 미디어가 띄워주는 정치인이 곧 차기 대통령이 될 것이다.

이러한 환경 안에서 매번 벽을 느끼고 있으니 회의감이 든 것도 사실이다. 나뿐만 아니라 모든 공보팀, 당의 모든 인력들이 열심히 준비했는데도 미디어에 노출되는 정도는 적고, 그렇다고 다 손 놓자니 아직 하지 못한 이야기들이 쌓여만 갔다. 주변에서 노골적인 질문을 듣기도 했다.

"차라리 정의당에 좀 있다가 민주당으로 가는 건 어때?"

큰 정당, 언론 노출이 당연시되는 정당에 가면 낫지 않겠냐는 뜻이다. 내가 가고 싶다고 해서 갈 수 있는 것도 아니지만, 혹시나 그런 기회가 왔더라도 나는 가지 않았을 것이다. 나는 진보정당이 지향하는 색깔을 업고 글을 쓰고 싶은 것이지, 진보의 외피를 쓴 채 보수 정당의 행보를 보이는 곳에서 글을 쓰고 싶지 않았기 때문이다.

아직 입사한 지 얼마 안 된 나도 이런저런 벽을 계속 마주했는데, 나보다 훨씬 오래 일한 당직자들과 의원들은 어떨까 싶었다. 그런 생각을 할 때면 민주노동당 시절부터 지금까지 진보정당에 몸담고 일하는 사람들은 정말 부처 같았다. 언젠가는 계란으로도 바위를 깰 수 있다 믿고 계속 던지는 사람들, 낙담이 아닌 희망으로 내일을 꿈꾸는 사람들. 그런 사람들이 정의당에 모여 있었다.

# 내 귀에 도청 장치

------------------------

비서로 일하면 대표님 앞으로 오는 이메일도 열어본다. 업무
협조나 인사말 요청, 혹은 방송사 인터뷰 원고 등 다양한 메일이
쏟아진다. 중요한 문건은 비서관님 등 선임들이 먼저 읽도록 두고
나머지 소소한 것들은 골라내고 버리거나 담아둔다. 업무 관련
내용 외 가장 많이 오는 이메일은 탄원서다.

　　탄원서 종류는 다양하다. 대표님의 지역구인 인천 연수구
문제로 민원을 넣거나 개인의 사소한 문제 등을 보내기도 한다.
읽어보면 억울하지 않은 사람 없고, 절절하지 않은 사연 하나
없다. 이런 탄원서는 대개 보좌관 선에서 민원을 해결하거나,
정치적으로 좀 키워야 해결될 사안이면 의원실 전체와 함께
기획한다. 해결 방식은 의원실마다 다르며, 어떤 의원실은 민원을

일절 받지 않기도 한다.

다만, 아무리 긍정적으로 검토하려 해도 답할 수 없는 탄원서가 있다. 보통의 탄원서만큼, 아니 그보다 더 많이 오는 이메일은 '내 귀에 도청 장치' 같은 이메일이다. 이런 이메일은 콘텐츠와 스토리텔링이 정말 다양하다. 자신의 머리 속에 누가 칩을 심어 놓았다거나, 도청 장치부터 원격 조종 장치 등 각종 전자 장비를 숨겨 놓았다고 주장한다. 그리고 자신을 조종하는 사람들이 서로 기계를 통해 대화하는 걸 들었다며 해결해달라고 요청한다. 또는 본인의 스마트폰을 해킹해서 본인도 모르는 누군가에게 전화 건 흔적이 발견되고 있다거나, 메시아의 예언이라며 지구가 곧 멸망한다고도 알려준다.

단순히 주장만 하는 게 아니라 증거사료도 빼곡히 첨부하는 편이다. 다만, 그런 증거들이란 대체로 우리가 일상에서 아무렇지 않게 넘어갈 것들로 이뤄져 있다. 예컨대 창문 블라인드 조절 끈이 바람에 의해 흔들리는 장면을 동영상으로 찍어놓고, 이를 누군가가 잠시 숨었다 도망가면서 건드린 흔적이라고 말한다. 아니면 누가 봐도 스마트폰으로 타이핑하다가 스페이스나 백스페이스를 잘못 누른 건데, 감시자의 해킹 증거물로 첨부한다. 그 밖에도 자신의 두피 상처가 칩 이식의 증거라거나, 본인 가족 생김새가 닮은 건 그들을 지배하는 사람이 자기 입맛대로 외모를 조절한 결과라는 등 정말 진지한 이메일을 보낸다. 하나씩 열어보고 있으면 나도 그들의 세계관에 들어선 것처럼 현실을 의심할 때가 있다.

지금까지 나열한 내용을 사람들에게 들려주면 반응은 두 가지다. 미친 사람들 아니냐며 정색하거나, 진짜 웃긴 사람들이라고 깔깔 웃는 등. 나도 처음엔 그랬다. 무례하고 이상하다고만 생각했다. 국회의원이 어떤 일을 하는 사람들인지 알고 이메일 보내는 건지, 만약 알고 있다면 진짜 이정미라는 국회의원이 그 문제들을 해결할 수 있다고 생각하는지 궁금했다. 국회의원이든 대통령이든 누구든 '내 귀에 도청 장치 금지법'이나 '조종 장치 이식 방지법'은 만들 수 없는 게 사실이니까. 그렇다면 이 사람들은 왜 한 번도 아니고 주기적으로 여러 국회의원들에게 이런 이메일을 보내는 걸까. 매일 하나씩 열어볼 때마다 의문만 더해갔다.

그들의 입장에서 생각해보기로 했다. 그들은 평소에 어떻게 살아가고 있을까. 이메일 속 기이함을 생활 속에서도 뿜어내고 있을까.

그들도 처음부터 이렇게 자기 주장만 나열하진 않았을 것이다. 스마트폰으로 타이핑하다 해킹당했다고 생각해 옆 사람에게 말한 첫 순간이 있지 않을까. 그 이야기를 듣는 사람이 가족이든 지인이든 생판 모르는 남이든 반응은 비슷했을 것이다. 처음엔 웃어넘겼을 것이고, 자꾸 반복하면 그만하라고 다그쳤을 것이다. 그런데도 같은 주장을 계속하다 보면 주변 사람들이 모두 떠났을 것이며, 결국 내 이야기를 들어줄 곳은 생활 속에서 찾을 수 없었을 것이다. 그렇게 돌고 돌아 국회의원과 청와대와 각종 공공기관으로 스피커를 돌리지 않았을까.

정상과 비정상을 나누려는 게 아니다. 하지만 통상적인 기준으로 봤을 때 그들은 인생의 한 조각이 보통의 사람과 달리 어긋나 있다. 어떤 상처나 정신적인 고통 때문일 수도 있고, 아무런 이유 없이 갑자기 어긋나버렸을 수도 있다. 그 어긋난 지점을 처음부터 바로 잡을 수 있었다면 좋았겠지만, 아쉽게도 그럴 기회가 없었다. 발목 높이에서 떨어뜨린 유리 접시는 금세 복원할 수 있지만, 무릎 높이, 허리 높이, 얼굴 높이로 올라갈수록 유리 접시는 더 잘게 조각난다. 그렇게 걷잡을 수 없어진 상태로 그들은 컴퓨터를 켜고 이메일과 키보드를 이용해 글로써 자신의 절박함을 이야기했을 것이다.

이런 생각에 이르자 나는 이들이 자기만의 세계관에 갇혀버릴 동안 공공복지나 공공의료 등을 먼저 제공했어야 할 국가는 과연 무엇을 했는지 묻고 싶었다. 그것은 도청 장치가 아니다, 그것은 조종 장치가 아니다, 당신의 스마트폰은 해킹당할 수 없다, 당신의 두피 상처는 어릴 때 자전거를 타다 넘어진 결과다 등을 끊임없이 말해주고 타이르고 알려줘야 하는 건 개인이 아닌 국가다. 아무 대가 없는 개인과 개인 사이 돌봄은 한계가 있을 수밖에 없다. 가족이나 친구 사이라도 마찬가지다. 처음이야 잘 타이르겠지만 두 번, 세 번 반복될수록 서로가 지치고 결국 각자의 고립으로 악화된다.

그들의 이메일 속 세계관을 하루빨리 종식시킬 수 있는
건 따뜻한 국가가 만드는 돌봄 사회뿐이다. '그런 사람까지
세금 들여서 국가가 돌봐야 하나?'라고 묻는다면 나는 그게
국가의 역할이라 강조하고 싶다. 정부 노력은 기울이지 않은
채로 방치해놓고 훗날 그들 중 누군가가 범죄라도 저지른다면
'조현병이 사람을 죽였다'라거나 '시설에 가두지 않아서 이런 일이
벌어졌다'라며 언론이 호들갑 떨고, 시민들은 불안에 사로잡히는
상황이 반복될 것이다. 오늘도 수백 통 발송됐을 '내 귀에 도청
장치' 이메일이 사라져야 모두가 안전한 사회로 한걸음 더 가까이
갈 수 있지 않을까.

이처럼 한 국회의원, 그것도 거대 양당에 비해 작은 정당인
정의당에 도착하는 탄원서가 이 정도인데, 다른 정당은 더하면
더했지 덜하진 않을 것이다. 나도 일하기 전까진 국회의원들이
사실상 놀고먹는 줄로만 알았다(물론 세금 냠냠꾼들도 있다). 그러나
국회의원들은 놀고먹고만 있을 순 없다. 앞서 소개한 다소 허황된
탄원서만 오는 게 아니라, 지역구와 관련된 절절한 사연들도
매일매일 도착한다. 지역구 바깥의 일도 제발 도와달라며 요청이
올 때도 있다. 내가 어떤 상황인지 글로 쓰고, 그 글을 통해 내
주변 세상을 바꾸는 것. 정치의 기본 원리를 잘 이용하는 시민들이
많다. 그런 이메일들을 읽어보고 있으면 종종 내 일 같아서 한숨이
쏟아져 나왔다.

특히 정의당으로 찾아오는 이메일이나 서류로 된 탄원서들은
여러 정당을 돌고 돌아 도착한 마지막 희망인 경우가 많다. 어떤
정당은 너무 커서, 또 어떤 정당은 부자들만 챙겨서 등의 이유로
거절당하다가 최종 도착지가 정의당이 된 분들이 대부분이다.
소속 의원 10명 미만의 정당에게 인생 마지막 희망을 건 사람들의
말과 글을 따라가다 보면 '왜 세상은 이렇게 약한 사람들만
골라서 괴롭힐까' 싶을 정도로 답답해서 눈물이 날 때도 있다.
이런 마음을 나뿐만 아니라 정의당에서 일하는 모든 사람들, 모든
국회의원들이 함께 공감하고 있으니 정의당은 작은 민원조차도
허투루 넘기지 못했다. 그래서 모두가 늘 바쁘고 치열했다.

정치 안에는 많은 글이 오간다. 글을 받기도 하고 글을
보내기도 하고 때로는 그 글을 말로 전달하기도 한다. 그 속에
글쓰기의 기쁨은 분명히 존재한다. 그러나 과연 돈벌이의 기쁨을
찾을 수 있을지, 이 직업을 계속해서 나는 먹고 살 수 있을지
걱정됐다. 이런 현실적인 고민을 두고 신념이나 의리가 없다고
욕할 수도 있겠지만, 나는 그 어떤 것도 현실적인 문제를 차치하고
생각하지 못한다. 매 순간은 현실이고, 현실은 이상만 좇도록
내버려 두지 않으니까.

물론 정의당이 작은 정당이긴 해도 나 혼자 생활할 수 있을
정도의 월급과 주거 지원비 등 처우는 정말 잘 이뤄지고 있었다.
하지만 나의 경우, 그것만으로는 힘들었다. 하루하루를 살아갈
수는 있었지만, 미래를 그려보기엔 부족했다. 그 누가 처음부터

풍족하게 벌어들이겠냐마는, 내가 처한 상황은 조금 달랐다. 물려받을 재산은 당연히 꿈도 못 꾸고 오히려 생물학적 아버지가 남겨준 마이너스 1억 원을 매일 베고 자야 했다. 정말 숨만 쉬어도 매달 50만 원이 생존 비용으로 차감되고 있으니 내 손에 쥐어지는 건 언제나 얇고 귀여운 수준의 돈이었다.

　　사실 돈 문제가 전부는 아니었다. 나에겐 누구에게도 말 못했던 문제가 있었다. 바로 하루하루 일할수록 자신감을 잃어간다는 것이었다.

# 자격 지심과 인정 욕구

언론사 입사를 포기했던 때로 돌아가 본다. 나는 즉석 글,
그러니까 빠르게 현장에서 쓰는 방식에 약하다. 내 글은 만듦새
좋은 밀키트처럼 약간의 화력으로도 퀄리티가 보장되는 글이
아니다. 번거롭고 시간이 많이 필요하다. 재료를 고르는 것부터
시작해서 손질도 꼼꼼히 하고, 센 불과 약한 불을 조절하며 접시도
데우는 등 과정에 심혈을 기울여야 그나마 먹음직한 글 한 접시가
완성된다.

　　정의당에 입사할 때는 즉석에서 이뤄지는 테스트가 없었다.
과제 제출 과정에도 준비 기간이 주어졌고, 면접 역시 미리 마음을
다질 기회가 있었다. 그래서 나는 현장에 투입되자마자 계속
난관을 겪었다. 대학에 갓 입학한 신입생 같았다. 지루했던 수험

생활만 끝나면 나에게 자유의 시대가 펼쳐질 것만 같았으나 정작 마주한 현실은 '이제부터 본격적으로 경쟁'이었고, 마냥 꿈만 꾸던 곳에서 맞닥뜨린 현장은 생각과 더욱 달랐다. 자기객관화에 늘 진심인 나는 정의당 안에서의 내 존재를 정확히 진단해봤다. 나는 스스로를 잉여 인력으로 규정했다.

정치의 언어는 언론의 언어처럼 급박하다. 어떤 정당이 최저임금에 대해 헛소리하면 우리 정당은 그 주장에 대해 얼른 반박해야 하고, 또 그 정당이 다시 우리 정당을 공격하면 우리 정당은 논증을 거쳐 발표하는 등의 과정이 매일 티키타카처럼 이어진다. 어떤 사회적 이슈가 터지면 정당 색깔과 정책 노선에 맞게 메시지를 다듬어야 하고 그 과정은 최대한, 최대한 빠르게 이뤄져야 한다. 모든 걸 내 힘으로만 해낸 것은 전혀 아니다. 비서관님을 비롯한 비서실장님 등 다경험 고능력자들이 앞에서 끌어주지만, 끌어주는 속도에 맞춰 여러 소스를 얼른얼른 내놓아야 하던 나는 항상 느리거나 허술했다. 민첩하게 글을 쓰면 메시지가 약하고, 메시지가 괜찮으면 이미 이슈가 지나간 후였다. 죄송한 마음만 커서 아무 말도 하지 못하는 날이 이어졌다.

기왕 시작한 김에 더 솔직하게 고백하자면 자격지심이 너무 컸다. 진보정당이든 보수정당이든 어디든 여의도 땅에서 일하는 사람 중에는 고학벌자가 많다. 정의당도 마찬가지였다. '하늘'로 분류되는 대학이나 인서울 대학 출신부터 석박사 학위 당직자가 많았다. 법리적 해석과 정책 관련 논의가 시도 때도 없이 오가는 곳인 데다가, 정치적 역량을 키우기 위해 당직을 겸하면서 대학원에 다니는 사람들도 있었으니 말이다. 그런 틈을 비집고 지도부, 그러니까 대표 비서실이라는 당의 핵심 부서에서 일하던 나는 지역 사립대생 출신이었다. 서울에서(정의당 밖에서) 내 출신 대학 '동아대학교' 이름을 말하면 아는 사람이 없었다. 동아일보 재단이냐고 묻거나 동아일보 사옥 근처에 있냐고 묻는 사람도 있었다.

이런 시선을 바깥에서 받는 데 반해, 정의당 안에서는 아무도 내 학벌에 대해 입을 대거나 최소한의 뉘앙스로도 궁금해하는 사람이 없었다. 아이러니하게도 자격지심이라는 건 이런 환경에서 더 잘 일어난다. 누구도 평가하지 않지만 스스로의 덫에 빠져서 열등감이 피어오르는 게 자격지심의 출발이다. 너무 유치하지만 유치해서 더 쉽게 빠진다. 나는 내 학벌에 대한 자격지심 때문에 무언갈 더 이루고자 했고 인정받으려고 홀로 애썼다. 유학원 아르바이트 시절 기억 때문이었을까. 내가 빨리 성과를 내지 않으면 "당연한 거 아냐? 너 동아대잖아!" 소리를 또 들을 것 같아 두려웠다.

정당이든 어느 회사든 신입 시절엔 시스템을 몸에 익히는 게 우선이다. 그래서 회의 때 적극적으로 의견 내기 어려운 게 당연하지만, 나는 내가 의견을 내지 않으면 안 된다는 강박에 말도 안 되는 제안서도 쓰고 이상한 논리로 누군가의 주장에 반박하기도 했다. 돌이켜보면 너무 못나고 정돈되지 않은 행동이었지만, 정의당은 그런 나를 감사하게도 항상 포용해줬다. 나는 내 능력에 비해 너무 많은 혜택을 받고 있었다(지금도 그렇다).

또한 나는 진보정당의 역사나 전통 등을 단 하나도 몰랐다. 당원 가입한 지 겨우 반년 만에 입사했고, 그동안 정의당이 무슨 활동을 했는지 표면적으로만 알고 있었다. 나에게 있어 현실 정치 참여는 투표와 촛불 항쟁이 전부였다. 연대가 필요한 사람들과 함께 집회에 참여하거나, 부당한 현실을 바꾸려 정치를 활용하는 등의 과정이 전혀 없어서 그야말로 '정치 기사 많이 읽은 20대'일 뿐이었다. 노동조합이 정당과 만나 어떻게 연대를 펼치는지, 정의당은 어떤 분당의 역사를 거쳤는지, 진보정당에도 소위 말하는 계파가 있는지, 진보정당의 역사를 쓴 민주노동당이 어떤 과업을 이뤄냈는지 등 머리와 몸으로 체득한 게 아무것도 없었다. 이정미 대표님도 사실 MBC〈무한도전〉523회, '국민의원' 편에서 처음 봤었다.

그만큼 나는 헛똑똑이였다. 언론사 입사를 준비하면서 그렇게 많은 뉴스를 읽고 분석했으면서, 실제로 그렇게 많은 기사를 쓰고 편집했으면서 아는 게 없었다. 언제나 순간에만 머물러 있었다. 과거를 공부하거나 미래를 예측하지 않고 지금 당장 내 눈앞에 닥치는 것들만 소화하기 바빴던 결과였다. 오늘을 살고 오늘을 닫았으며, 내일이 밝아오는 게 버거운 생을 살다 보니 헛똑똑이에 자격지심만 큰 '인정 욕구자'로 큰 것이다. 그런 내게 정의당은 과분했다.

학벌에 대한 자격지심으로부터 출발해 이곳이 과분하다는 생각은 갈수록 마음을 조였다. 다른 부서나 선배들이 요즘 힘든 점 없냐고 물어와도 말은 마음과 다르게 흘러나왔다. 아직 힘든 건 없다고, 잘 몰라서 더 배우고 싶다고, 잘해보고 싶다고 웃으며 말했다. 이럴 때 만약 어떤 악역, 악질 상사 같은 사람이 나를 괴롭혔다면 '내가 저 인간한테는 질 수 없지' 하는 마음으로 싸우면서 일했을 것이다. 하지만 정의당엔 그 누구도 악역을 맡는 이가 없었다. 아무도 나를 다그치거나 질책하지 않았고 혼내지도 않았다. 이해를 못 하면 이해할 때까지 설명해주고, 적당한 거리를 유지하며 친절했다. 그런 환대 속에서 글을 썼지만, 이전 직장들과 달리 이젠 내 부족함으로 글쓰기의 기쁨마저 잃는 기분이었다.

누군가에겐 꿈의 환경이라는 것을 살 안다. 나 역시 내가 개인주의자라서 이런 환경에서 더 잘해낼 줄 알았으나 나도 어쩔 수 없는 K-직장인이자 쌍도남이기에 통념적인 조직 생활이 몸에 익은 상태였다. 매일 홀로 먹는 점심, 0부터 100까지 스스로 주도해야 하는 일들, 서로를 터치하지 않기 위해 최대한 선을 지키는 분위기, 잘못된 부분에 대한 훈계나 피드백 없이 수정만 이뤄져서 발표되는 글 등. 내가 지금 무엇을 잘하고 있고 무엇을 잘못하고 있는지 모르는 상황이 이어졌다. 일 잘하고 똑똑한 사람이 이 자리에 앉았다면 수정된 부분과 자신의 글을 꼼꼼히 비교해서 더 빠르게 성장했겠지만, 자격지심으로 무너진 나는 그저 '아… 이러면 안 되는 거구나… 난 왜 이랬지' 하고 또 스스로를 잉여 인력 취급했다.

　이 모든 건 결국 내 문제였다. 만약 조직 문화가 문제였다면 '도대체 여긴 왜 이러지?' 하고 불만을 표했겠지만, 나는 '도대체 나는 왜 이렇지?' 할 뿐이었다. 이를 가장 잘 느꼈던 자리가 바로 당 전체 회식 자리였다. 당직자 모두가 모인 연말 회식 자리가 있었다. 점심시간을 이용해 근처 패밀리 레스토랑 절반을 빌렸고, 그날은 회식이 끝나면 일찍 퇴근할 수 있었다. 여러 부서가 한데 모인 자리에서 나는 뭘 어떻게 해야 할지를 몰랐다. 오랜 당직자들이 서로 인사를 나눈 뒤 요즘 어떻게 지내냐고 묻는 반면, 나에겐 딱히 말을 걸지 않았다. 절대로 무시하거나 배척하는 게 아니라 적당한 거리 두기였다. 아직 친하지 않은데 이것저것 물으면 오히려 내가 불편해할까 봐 질문도 삼가고 인사만 한 뒤 내가 혼자 음식을 즐길 수 있도록 배려하는 것이었다.

　그런 사람들이 있다. 낯을 많이 가려서 사적인 이야기를 꺼내는 데까지 일억 광년 정도 걸리는 사람들. 처음 만나는 자리라 할 말도 없고 어색해 죽을 것 같은데도 끝까지 자기가 먼저 입 안 여는 그런 사람들. 그게 나였다. 그러니 나도 말을 걸지 않고, 누구도 말을 걸어주지 않는 상황에서 주변은 와자지껄 시끄러웠다. 나는 아무것도 오지 않은 카톡을 수시로 열고, 업무방이 있는 텔레그램을 켜서 그날 수십 번도 더 읽은 원고를 괜히 몇 번 더 눈으로 훑었다. 어서 시간이 빨리 끝나길 바랐다. 그렇게 '도대체 나는 왜 이럴까'를 생각하며 무사히 회식 자리가 끝났다.

이 환경에 적응한다기보다는 해결되지 않은 채 부유하며
계절이 두어 번 바뀌었다. 그 상황에 나는 이정미 대표님의 취임
1주년 기자회견문을 주도적으로 맡아야 했다. 초안을 잡을 때부터
수정과 회의 등이 이뤄지던 과정은 복기하기도 버거워 자세히
글로 남길 수 없다. 여의도 한 카페에서 최종 탈고하던 날, 원고를
넘기고 나는 펑펑 울었다. 카페 안 사람들이 볼까 봐 벽 쪽을 향해
돌려 앉아 하염없이 울었다. 큰 고비를 넘겼다기보다는 내가
도착할 수 있는 마지막 지점에 온 것 같았다. 그만둬야 할 시기라
생각했다.

그런 와중에 얼마 지나지 않아 노회찬 의원님이 돌아가셨다.
살면서 어떤 정치인을 그리워하며 울리라 상상하지 못했다.
故노무현 전 대통령 서거 후에도 애도하는 마음은 컸으나 그
마음이 눈물로 녹아 나오진 않았다. 그러나 노 의원님을 생각하면
여전히 울고 싶다. 그와 애틋한 추억은 없다. 다만, 당시 〈노이즈
TV〉라는 유치한 내 영상 기획물에 노 의원님이 선뜻 참여해주실
때 기억이 선명하다. 초보 비서가 짜준 대본을 군말 없이 받아들여
주셨다. 정치 경력과 연설 능력이 그렇게나 뛰어난 사람이, 아무런
수정 요청 없이 내 주문을 실행해줬다. 촬영이 끝나면 늘 무표정과
웃음의 경계에 선 표정으로 "수고했어요." 그리곤 또 급히 시민
속으로 걸어갔다.

무언갈 같이 해본 지 몇 달도 되지 않은 시점에 그는 떠났다.

존경할 만한 남성 어른 한 명 없던 내 인생에 누구보다 큰 사람처럼 자리 잡던 그가, 황망하게 사라졌다. 그날 아침 출근 후 업무를 보다 스마트폰이 울렸는데, 속보 뉴스였다. 사무실 전화기를 내리고 당사 문을 잠갔다. 화장실을 가려면 당사 밖 복도에 있는 건물 화장실을 써야 하는데, 바깥엔 기자들이 밀려와 나갈 수 없었다. 충격과 슬픔에 빠진 사람들에게 어떤 말을 듣고 싶어 그토록 밀려온 것일까.

　　이제 어떤 방향이든 정리가 필요했다. 글쓰기의 기쁨과 돈벌이의 슬픔이 반복되더라도 내가 온전히 마음을 다잡고 뛰어들 수 있는 일이 필요했다.

　　어느 가을이었다. 휘적휘적 걷던 내 앞에 독립서점이 보였다. 문을 열고 들어가 본 그곳은 편안했다. 오래 머무르다 문득, 책을 써보고 싶었다.

Level 4.

# 발코니, 부전승 인생

----------------------

어떤 일을 새로 시작해볼 때는 '그냥' 해보는 마음이 필요하다.
그 일에 미래가 있는지, 시작하기에 늦진 않았는지, 내 능력과
어울리는지, 중간에 포기하지 않을 것인지 따지다 보면 아무것도
시작하지 못한다. 출판사 일이 이토록 어려운 줄 알았더라면 나
역시 발코니 출판사를 만들지 않았을 것이다. 그냥 해볼까 싶어서
시작한 출판사는 아직 부족하긴 해도 조금씩 잘 성장하고 있다.
사람마다 다르겠지만, 나는 가보지 않은 길을 걸을 때 '저길 내가
어떻게 지나가지?'라며 미리 걱정하기보다는 '저길 내가 어떻게
지나온 거지?' 하며 무모했던 과거를 돌이켜보는 게 더 나았다.

처음부터 출판사를 만들어야겠다고 결심한 건 아니다. 그저
독립출판 작가가 되고 싶었다. 학생 때부터 비서 시절까지 써왔던

글을 곰곰이 생각해보면 나는 결국 남의 이야기를 쓰고 있었다. 물론 기사를 쓰고 취재하는 것도, 정치인의 연설문을 쓰는 것도 모두 내 손으로 하긴 했지만, 온전한 나의 이야기를 기록해서 세상에 내보인 건 아니었다. 기사는 매체의 이름을 빌려야 했고, 연설문은 정치인의 이름을 빌려야 했다. 이에 나는 내 이름을 걸고 세상을 어떻게 바라보고 생각하는지를 글로 쓴 후 여기에 공감하는 사람들과 오래도록 이야기하고 싶었다. 당연히 생계를 잘 이어갈 수익도 어느 정도 따라야 했다. 결국, 책을 쓰기로 했고, 쓰다 보니 나만의 출판사가 있으면 더 크게 움직일 수 있을 것 같아 발코니 출판사를 차렸다.

발코니 출판사 이름에 대해 궁금한 사람들이 생각보다 많다. 요즘도 명함을 내밀면 10명 중 9명은 왜 '발코니'인지 여쭤본다. 출판사를 만들어야겠다고 처음 결심했을 때 스물아홉 연말이었다. 이제 곧 서른. 청년이라 당당하게 말하기에도, 청년이 아니라 말하기에도 모호한 나이라 생각했다. 이런 나를 비롯해 2030으로 묶인 또래를 생각해보면 꼭 건물에 붙어있는 발코니 같았다. '있으면 좋고 없어도 그만인 존재'들. 한국 사회가 청년들을 대하는 태도와 비슷했다.

한국 사회는 언제나 청년을 호명한다. 청년이 미래라느니 청년이 있어야 나라가 산다느니 하지만, 정작 청년을 위한 실효성 있는 정책은 내놓지 않는다. #중년 #남성 #화이트칼라 등의 해시태그로 분류되는 우리 사회 핵심 구성원들에게 청년이란,

있으면 좋고 없어도 큰 타격 없는 소모성 도구에 불과하기 때문이다. 기업 총수나 다선 정치인이 '청년 예찬' 한마디면 주가와 지지율이 금세 올라가는 그림을 우리는 너무나 많이 봐왔다. 이제 발코니는 건물의 부차적인 요소가 아니라 서로가 연결되어 없으면 안 되는 존재처럼 만들고 싶었다. 그렇게 만들어진 발코니 출판사는 꾸준히 #여성 #청년 #지역 등 세 가지 해시태그에 기반해 작가진을 구성하고 있다.

초반엔 모두 내 책으로 출간하기 시작했다. 내 글을 쓰기 위해 만들었던 출판사이기도 하지만, 경력 없는 출판사에 원고를 맡겨줄 작가님이 있을 리 없었다. 10페이지 미만의 가벼운 전자책과 문고본 크기의 독립출판물 등을 만들어본 후 처음으로 ISBN을 발급받아 출간한 책은 『부전승 인생(2019)』이다. 지금도 이 책이 발코니 출판사의 첫 책이어서 다행이라 생각한다. 이 책은 내 세계관에 가장 크고 긍정적인 영향을 많이 끼쳤다.

『부전승 인생』은 남자들의 여성 혐오적인 말을 소제목으로 삼아 그 말이 왜 잘못됐는지 설명하는 책이다. 이 책을 기획하고 집필할 때 유념했던 것 중 하나는 굳이 통계나 객관적 데이터를 가지고 오지 말고, 강한 주장으로 밀고 나가자는 다짐이었다. 여성 혐오 발언을 숨 쉬듯 하거나 자신이 가부장적이지 않다고 착각하는 남자들은 데이터를 증거로 내밀어도 자기 입맛대로 해석한 후 아니라 잡아떼기 바쁘다. 양성평등 채용 제도가 남성에게 더 유리했다는 증거, 여성과 남성 임금 격차가 여전히

존재한다는 증거 등 정부나 국가기관에서 조사한 자료도
믿지 않는 사람들에겐 그들과 비슷한 방식의 언어로 다가갈
필요가 있었다. '우리 남자들은 이러이러한 이유 때문에 여성
혐오자다'라는 설득보다는 '우리 남자들은 여성 혐오자다'라는
확신을 먼저 던진 후 설명하는 방식을 취했다.

 원고는 다 완성된 상태였지만, 이 책이 과연 어느 정도의
수요가 있을까 파악하는 게 중요했다. 불편한 내용을 담고 있기도
했고 출판사의 첫 단행본이라 안정성을 어느 정도 확보하고
싶었다. 여러 방면을 고민하던 중 크라우드 펀딩 플랫폼 '텀블벅'을
선택했다. 사실 처음에 텀블벅에 제출한 기획서에는 이 책 제목이
지금과 달랐다. 『한국 남자를 위한 충고』였다. 『부전승 인생』
내용을 생각해보면 처음의 제목이 훨씬 잘 어울리지만, 텀블벅
측에서 『한국 남자를 위한 충고』라는 제목이 '남성 혐오'나 '젠더
갈등'을 유발할 수 있다며 프로젝트 자체를 거부했다. 페미니즘에
우호적이라 생각했던 플랫폼이었으나 역시나 페미니즘을
판매하는 데만 우호적이라는 걸 깨달았다. 하지만 이 플랫폼을
선택한 것도 온전히 내 몫이었으니 내가 할 수 있는 최선을
다하기로 했다. 제목을 『부전승 인생』으로 바꾸고 인사말도 새로
써서 겨우 통과시켰다.

 펀딩이 시작되면서 『부전승 인생』 제작 프로젝트를 독자 중
한 분이 여성 커뮤니티에 소개한 적 있다. 커뮤니티 반응은 크게
두 가지로 나뉘었다. 하나는 '남자 목소리로 남성을 지적하는

거니까 읽어보면 재밌겠다'였고 또 하나는 '남자가 쓴 거 보지 말자'는 반응이었다. 이런 논란이 처음엔 놀라웠지만, 생각해보면 당연했다. 한창 페미니즘을 이용해 돈벌이하려는 남자들이 많았다. '예쁜' 키링과 스티커로 자신의 주체성을 살려보라든가, 정혈통을 줄여주는 초콜릿을 통해 일상의 자유를 얻으라든가 칼만 안 든 날강도들이 난무하던 시기였다. 그러니 나였어도 어떤 남자가 남자들의 여성 혐오 언어를 지적한다고 하면 헛소리에 그럴싸한 포장지만 덧붙이지 않았을까 의심할 것 같았다.

이때 정말 고마웠던 분이 바로 커뮤니티에 프로젝트를 소개해주신 독자님이다. 이분은 소개와 더불어 '남자가 쓴 거 보지 말자'라는 댓글 하나하나에 다 반박해 주시기도 했다. 평소에 페미니즘을 말하기 힘들었던 남성에게 이 책을 건네보자거나, 남성 집단을 가장 효과적으로 공격할 수 있는 건 남자니까 이 목소리를 한번 키워보자는 등 내가 하고 싶지만 하지 못할 말들을 직접 해주셨다. 그 독자님은 발코니 출판사가 시작하는 순간부터 지금도 계속 지켜봐 주시는 너무 고마운 분이기도 하다. 이분이 바로 이 책의 추천사를 써주신 '최하슴' 작가님이다. 지켜봐 주는 사람이 단 한 사람이라도 있다는 것, 모두가 비판할 때도 응원해 주는 사람이 단 한 명이라도 있다는 건 말로 설명할 수 없을 정도로 큰 힘이다. 이 은혜를 언제나 기억하고 또 갚기 위해서 나 역시 이제 막 시작하는 창작자를 볼 때면 온 마음으로 당신에 대한 응원을 표현하고 있다.

우여곡절 끝에 펀딩이 무사히 성사됐고, 책은 총 131명의
후원자들께 배송됐다. 다행히 반응은 좋았다. 시원하다, 개운하다,
확신을 가질 수 있다는 반응이 가장 많았고 실제로 남성 애인에게
선물했다는 독자님도 있었다. 여러모로 부족한 점이 있지 않을까
걱정했는데 좋게 봐주셔서 감사했다. 가장 인상 깊었던 건, 아이가
있는 중년 여성들의 독서 모임에『부전승 인생』이 채택됐다는
사실이었다. 그 안에서 어떤 논의들이 진행됐는지 자세히는
모르지만, 이 책을 남편에게 전달했다는 분도 있었고, 그동안 화만
냈지 정확히 어떤 언어로 화를 내야 할지 몰랐는데 조금 해결된 것
같다는 분도 있었다. 내 손으로 만든 책이 누군가의 인생을 바꾸진
못해도 어느 정도의 도움이 됐다는 사실은 시간이 지나도 기분
좋은 성과로 오래 남아있다.

물론 부정적인 평가도 있었다. 당연히 100% 남성 독자였다.
주요 논리는 비슷했다. 작가가 남자를 제대로 알지 못한다거나,
남자들은 이렇지 않은데 확증 편향이라거나, 이 책만 내고
나중에는 페미니즘 버릴 거라는 등 우스울 정도로 화를 내고
있었다. 가만히 읽고 있으면 실소가 자꾸 터져 나왔다. 30여
년을 남성 집단의 중심에서 가부장적 교육을 받아온 내가 정말로
남자를 제대로 모른다 생각하는 걸까. 남자들은 이렇지 않다는데
왜 여성 독자들은 다들 수긍하고 있는 걸까. 변명도 말이 되게
해야 속는 척이라도 해주는 것이지 이런 식의 자기부정은
스스로가 얼마나 부족한지 증명하는 꼴이다.『부전승 인생』후

페미니즘을 버릴 거라는 생각은 도대체 왜 하는 걸까. 안타깝게도 그들의 바람과 달리 『부전승 인생』 저자는 추후 미래 남성 중 가부장적인 사람들은 죽음을 택할 것이라는 소설을 쓰고, 한국여성의전화 후원 회원이 됐으며, 안희정 모친의 장례식장에 화환을 보낸 문재인 대통령께 『김지은입니다』와 편지를 동봉해 보냈다고 한다.

　그저 본인들 마음에 안 드는 사람은 여성이든 남성이든 무지하다고 보고 싶은 무지함이다. 이렇게 대놓고 화내는 사람들이 있는가 하면 가스라이팅을 시도하듯 부드럽게 엿을 먹이려는 남자들도 있었다. 그중 한 남성 독자는 장문의 메일을 보내기도 했다.

- - -

　저도 현재의 젠더 문제가 심각하고, 가부장제가 많은 영향을 끼치고 있다는 것은 부정할 수 없다고 생각합니다. 하지만 이렇게 날 선 말로 전달한다면 그에 따르는 부작용으로 성별 대립 구도가 더 심해질 것입니다. 잠깐의 시선을 끌 수는 있겠지만 이 책이 여러 사람들의 지지를 얻기에는 어려울 것입니다. 저는 '강 대 강' 구조가 효과적이라 생각하지 않거든요. 그러니 한국 남자들이 문제 인식을 제대로 하기까지는 강한 어조보다는 조금 힘을 빼고, 논리 정연함이 반드시 수반된 상태로 이야기해야 할 것입니다.

그리고 한국 남자들이 가부장제 때문에 사고 구조를 굳힌 부분은 부정하지 않지만, 가부장제 외에도 개인의 성향이나 가정환경 등 여러 가지 원인에 의해 결정되기에 가부장제가 모든 원인이 되지는 않습니다. '공감 능력 부족'도 한국 남자뿐만 아니라 여성 중에도 부족한 사람들이 있습니다. 물론 대체적으로 남자가 여자에 비해 공감 능력이 부족하고 이성적으로만 생각하며 그 배경이 가부장제이긴 하겠죠.

'남자는 페미니스트가 될 수 없다'와 같은 단정적 표현은 굳이 안 써도 되지 않았을까 합니다. 스스로 경험하지 못했다고 해서 페미니스트가 되지 못할 이유는 없다고 생각합니다. 우리가 타인의 이야기에 반응하는 건 상상의 힘이 작용하지 때문이지요. 고전 문학을 읽으면서 깨닫는 것도 그 작가와 동시대에 살면서 같은 경험을 했기 때문만은 아니라는 걸 잘 아실 겁니다. 그래서 제대로 된 남자라면 여자들의 목소리를 통해 그들의 고통을 충분히 공감할 수 있다고 생각합니다.

- - -

여러 부수적인 내용을 덜어내고 거칠게 요약하기도 했지만, 핵심만 남겨보면 위의 내용과 다를 바 없었다.

'부드러운 언어'로 말하라는 것, 가부장제가 핵심 원인은 아니라는 것, 남자도 여자의 고통을 다 알 수 있으니 페미니스트라 자신 있게 말하자는 것 등 정말 전형적인 남성 언어의 집약체였다. 대학가 카페에서 메일을 읽고 있었는데 고전 문학 이야기가 나오는 부분에서 현실 웃음이 터져 주변 눈치를 살짝 보기도 했다.

구구절절 맞는 말처럼 보이지만, 실상 처음부터 끝까지 틀렸다. 한 글자도 안 맞다. 한국 남자들의 여성 혐오를 언제까지 부드러운 말로 알려야 하나. 여성을 도구화하고 상품화하는 가부장제가 원인이 아니면, 왜 유독 한국 남자들은 N번방부터 웰컴투비디오 등 성착취 문화에 열정을 쏟아붓는 것인가. 공감 능력이 부족한 여성이 있다고 주장하려면 그 숫자는 과연 남성과 견주었을 때 비등하고 유효한 수준인가. 상상의 힘, 그리고 공감 사이에 있는 광활한 차이는 왜 이토록 남성이 페미니스트임을 주장하려 할 때만 납작하게 줄어드는가.

수많은 물음표가 붙지만 아무런 답장도 보내지 않았다. 이런 한국 남자들은 이미 '논리 정연한 이메일을 보낸 나'에 심취해 있기에 어떤 주장을 덧붙여도 납득하지 않을 게 뻔했다. 경험으로 체득한 결과다. 아마 지금 이 글을 읽으면서도 '그래도 무조건 반박해야지!'라고 생각하는 사람들은 이러한 뻔뻔함과 답답함을 한 번도 경험하지 않은 행운아일 것이다.

가장 큰 문제는 이 독자가 책 자체를 오독하고 있다는 사실이었다. 책에서 '남자는 페미니스트가 될 수 없다'라고 주장한 이유는 단순히 성별 이분법에 따라 자격을 부여한 것이 아니다. 핵심 주장은 바로 '남자라도 페미니스트인 나'에 심취한 남자들이 제발 정신 차렸으면 한다는 것이었다. 남자는 여성 혐오로 발현되는 고통을 온전히 경험할 수 없다. 길거리에서 대놓고 자위하는 사람을 마주하는 경험, 공중화장실의 수상한 구멍이 카메라였던 경험, 가벼운 마음으로 올린 셀카가 성착취물 도구로 활용되는 경험 등 헤아리기도 힘든 경험을 과연 남자들은 얼마나 잦은 빈도로 겪었길래 여자들의 고통을 '충분히 공감'할 수 있다고 자신하는지 묻고 싶다.

그런 의미에서 남자들은 스스로의 주장만으로는 페미니스트가 될 수 없다고 강조했다. 이 서사를 다 무시하고 '왜 남자는 페미니스트가 될 수 없다고 하는가'라며 마치 자기 파이를 빼앗긴 듯이 억울해 하는 것 역시 남성 권력의 일종이다. 남자들은 자신을 페미니스트로 규정하고 무해함을 내세우기 전에, 반가부장주의에 나서면 된다. 나 페미니스트야, 나 무해해, 나 여성 인권 운동에 이 정도로 참여해! 하면서 여성의 인정을 갈구하는 이들은 또 다른 목적이 있는 것이라 생각한다.

온라인상에서 이런 맨스플레인이나 『부전승 인생』거부 발언이 있었던 만큼 오프라인 상황도 비슷했다. 나는 이 책의 출간으로 15년 지기 친구들과 인연을 끊었다. 『어쩌면 나는 사람이 아니라 조개일지도 몰라(2020)』에서 자세히 묘사한 것처럼, 나는 더 이상 여성 혐오를 반성하지 않는 사람들과 끈끈한 연을 이어갈 수 없었다. 인연을 끊을 당시, 가장 갈등이 심했던 한 명은 "내가 페미니즘을 배워보겠다. 그때 이야기하자"라고 했지만 역시나. 아무런 응답도 없고 무얼 배웠다는 흔적도 없이 세월은 잘 흘러갔다. 아직도 그들은 내가 그저 내 주장이 받아들여지지 않아서 '삐져있는 줄'로만 알 것이다. 이처럼『부전승 인생』은 온라인과 오프라인 너머 내 세계관 전체를 뒤바꿨다. 그것도 밝은 방향으로.

　　『부전승 인생』은 내 생애 첫 북토크 자리를 선사한 책이기도 하다. 경북 구미의 '책봄'이라는 책방에서 나는 처음 독자들과 대면했다. 자신감을 갖고 나 스스로를 작가로 규정하는 것도 물론 중요하지만, 내가 아닌 누군가가 나를 작가로 인정하는 과정도 꼭 필요했다. 작가란 (기본적으로) 자기 확신과 자신감으로 글을 써 내려가는 사람이라고 할 수 있겠다. 그러나 인정 욕구와 성과주의 구조 안에서 살아온 나에겐 타인의 납득도 빼놓을 수 없는 요소였다. 그러던 시기에 마침 책봄은 나를 한 사람의 작가로서 초대해 무한한 환대를 제공했다. 책봄에서 독자들과 만난 시간은 내 인생에서 가장 빛나는 지점 중 하나다.

　　떨렸던 그 순간은 지금도 꿈만 같고, 그곳에서 만난 '진서하' 작가님은 지금 발코니 출판사를 먹여 살리는 책 중 하나인 『돌아오는 새벽은 아무런 답이 아니다(2021)』를 쓰기도 했다.

　　'그냥' 해보는 마음으로 시작한 발코니 출판사는 지금도 조용히 버텨나가고 있다. 돈벌이의 슬픔이 기쁨으로 환원되진 않았지만, 글쓰기의 기쁨만은 안온하게 지킬 수 있는 요즘.

만약 이 출판사를 만들지 않았다면, 『부전승 인생』이라는

책으로 시작하지 않았다면 어떻게 됐을지 생각해본다. 다행인

순간들이 하나씩 기억날 때마다 고마움과 부끄러움으로 가슴팍을

쓸어내린다.

언제나 감사합니다. 물론 이 책을 읽고 있는 여러분께도요.

# 투고할게요, 근데 거긴 어디죠?

출판사 운영을 고상하게(?) 보는 시선이 생각보다 많다. 일단 '글'이라는 걸 직업으로 삼으면 이에 얽힌 사람들은 대개 차분하고 침착하고 이성적일 것이라는 오해가 원인이다. 한번은 지역 의회 매거진에 인터뷰이로 참여한 적 있는데, 재미있는 질문을 받았다.

"그래도 출판사니까 사람 때문에 스트레스는 덜 받겠다, 그렇죠?"

"네? 왜죠?"

"아니 그렇잖아요. 글 쓰는 사람들은 다들 좀 그렇지 않나? 우아하고 막말도 잘 안 하고."

내가 모르는 세계는 언제나 신기하고 이상적일 것만 같다는
걸 모르진 않으나, 너무 아름답게 표현해 주셔서 그 꿈을 미처
깨드리고 싶지 않았다.

오프 더 레코드를 조건으로 몇 가지 사례를 전달하니 "사람
사는 건 다 똑같네요"라는 답이 돌아왔다. 책 초반부에도 말했듯이
'글 쓰는 사람=똑똑한 사람'이라는 고정관념이 이런 시선도
만들어낸다고 생각한다. 괴물 같은 시인, 성폭력을 글쓰기보다
자주 하던 문인 등이 2010년대 들어서야 하나둘 밝혀진 것은
출판이나 문학으로 이뤄진 집단이 워낙 폐쇄성이 짙어서일 수도
있겠다.

출판사를 운영하면 정말 다양한 사람을 만나고, 정말 다양한
무례함을 마주한다. 투고 관련 사례가 가장 많은데, 출판사를
세우고 책을 내다보면 시간이 지날수록 투고량이 늘어난다.
에세이는 주기적으로 들어오는 편이고 소설이나 시는 주로 1월에
집중적으로 수신된다. 여쭤보지는 못했지만 각 신문사 신춘문예
공모전 결과가 1월 초에 발표되는 걸 보면, 해당 공모전에서
낙선한 작품을 투고하시는 편이 아닐까 추측만 하고 있다. 아무튼
1년 전체를 놓고 봤을 때 거의 매달 출판사 이메일로 원고가
도착한다고 보면 된다.

투고한 작가님들의 사연을 읽어보면 각자의 절박함이 있다.
이 이야기가 얼마나 중요한지, 얼마나 희소성이 있으며 어떤 책을
꺾을 수 있는지 분석한 글을 첨부하는 게 보통이다. 그러나 무례한

투고는 시작부터 다르다. 무례한 투고는 십중팔구 제목이 '투고' 혹은 '출간 요청'이다. 그리고 본문을 열어보면 아무 내용 없이 본인 원고만 붙여놓았다. 이 작품의 기획 의도는 무엇인지, 왜 이 출판사를 택했는지 등의 이유는 출판사가 알아서 파악하라는 뜻일까.

한번은 메일 제목에 알 수 없는 영어 문장 한 줄만 있고, 본문에는 '출간 희망'을 쓴 채 파일을 첨부한 사람도 있었다. 자칫 해외 스팸 메일처럼 보이기도 했는데, 일단 파일을 열어 읽어보니 반려동물 생식 관련 원고였다. 심지어 영문으로.

이걸 어쩌라는 걸까 싶어서 갸웃거리던 중에 전화가 왔다. 모르는 번호여도 출판사 개업 후에는 일단 다 받는 편이어서 통화 버튼을 눌렀다.

"여보세요?"

"안녕하세요, 제가 방금 텍스트를 보냈는데요."

"네, 그런데요?"

"괜찮지 않아요?"

"뭐가요…?"

그제야 본인이 누구인지, 왜 이런 원고를 보냈는지, 반려동물 생식 시장이 얼마나 중요한지 설명하기 시작했다. 알고 보니 해외 에이전시를 통해 유명 저자의 원문을 본인이 구입했다며,

이걸 번역해서 출간하고 싶다는 뜻이었다. 본인은 미국 무슨무슨 주에서 유학을 했고(안 궁금한데) 어떤 지향점으로 삶을 구성하고 있다는(오 진짜 안 궁금한데) 등 점점 장황해지는 설명 때문에 우선 말을 끊었다.

"네 선생님, 일단 잘 알겠습니다. 제가 파일 꼼꼼하게 보고 연락드릴게요."
"아직 다 안 보셨어요?"
"메일 보내신 지 이제 5분 지났어요."
"아, 오케이 오케이."
"네 그럼 보고 연락드릴…"
"아 참, 근데 거기 출판사 이름이 뭐죠?"

우와! 출판사 이름도 모르고 투고에 전화까지! 선생님 정말 대단하세요! 잠깐이지만 함께해서 기분 더러웠고 다신 보지 말아요 우리!
라는 말을 고상한(…) 출판인답게 잘 삼키고 통화를 끝냈다. 이메일을 처음 열어봤을 때, 발코니 출판사는 그동안 에세이와 소설 등을 중심으로 했는데 왜 이런 해외 원서를 보냈을까 궁금했는데 그제야 이해가 됐다. 그냥 이메일 주소와 전화번호 정보가 있는 출판사는 투고부터 하고 본 것이다. 통화가 끝나자마자 출간 거절의 메일을 보냈다. 속전속결을 원하는 분이었으니 나 역시 빠르게 답장을 보냈다.

만약 여러분이 예비 작가님이라면, 이처럼 무례한 투고를 피할 몇 가지 사항을 미리 알면 좋다. 가장 중요한 건 투고할 때 기획 의도를 꼭 붙여서 보내야 한다는 점이다. 왜 이 원고를 썼는지, 왜 이 출판사여야 하는지, 누가 읽었으면 하고 집필했는지, 유사 도서와의 경쟁 포인트는 무엇인지 등 최소한의 기획 의도는 따로 정리해서 보내면 된다. 또한, 투고하고자 하는 출판사의 성격이나 출간 내역을 꼼꼼하게 살피는 것도 필요하다. 실용서는 내지 않는 출판사에서 반려동물 생식 정보서를 낼 리 없는 것처럼, 각 출판사가 추구하는 출간 방향이 있다.

저자를 소개할 때는 되도록 정확하게 객관적인 정보를 많이 실어주는 게 출간 확률을 높이는 길이다. 보통의 책을 펼쳤을 때 책날개에 쓰여 있는 작가 소개는 가장 멋들어진 말로 구성돼 있다. 이런 작가 소개 글은 투고 때 별 도움이 되지 않는다. 무엇보다 신인 작가라면 두루뭉술하거나 아름다운 말보다는 내가 어떤 삶을 살았고, 어떤 글을 주로 쓰고 있는지 언급하고 활동 중인 소셜미디어 계정이 있다면 그것도 함께 소개하는 편이 도움 된다. 쉽게 말해, 저자의 캐릭터를 확실하고 선명하게 보여줄수록 출판사는 해당 원고의 출간 가능성을 조금 더 정확하게 판단할 수 있다.

출판사를 하기 전까지 사람들이 이토록 책을 내고 싶어 하는지 몰랐다. 세상에 투고하는 사람은 내 예상보다 딱 10배

많다고 생각하면 되지 않을까. 그렇게 물밀듯 밀려오는 투고 더미 속에서도 위에 언급한 기본적인 사항만 지킨다면 조금 더 빛날 것이다.

투고된 글을 검토하는 것과 반대로, 내가 직접 원고를 찾아내어 출간을 제안할 때도 있다. 바로 연정 작가님의 『내일은 내일의 해가 뜨겠지만 오늘 밤은 어떡하나요(2020)』다. 이 책을 처음 독립출판물로 만났던 곳은 부산의 '나락 서점'이다. 나락 서점에 들러서 독립출판물 추천을 부탁드렸는데, 서점 대표님이 망설임 없이 두 권을 추천해 주셨다. 그 두 권 중 하나가 바로 연정 작가님의 책이었다. 두 페이지를 읽은 뒤 얼른 계산대로 가져갔고, 열 페이지를 읽은 뒤 작가님께 연락드려야겠다 다짐했고, 모든 페이지를 완독하자마자 출간 제안 편지를 썼다. 이후 『내일은 내일의 해가 뜨겠지만 오늘 밤은 어떡하나요』는 교보문고가 선정한 1인 출판사 작품 100선에 이름을 올렸고, 발코니 출판사를 먹여 살리고 있다.

또한, 연정 작가님의 책은 최근 JTBC 〈인더숲 : 세븐틴 편〉에서 세븐팀 멤버 '승관' 님의 추천을 받기도 했다. 단순 추천이 아니라 이 책의 의미, 위로가 되는 지점, 선물하고 싶은 사람 등을 하나씩 방송에서 나열한 것이다. 이후 출판사 메일함에는 불이 났고 『내일은 내일의 해가 뜨겠지만 오늘 밤은 어떡하나요』는 재쇄를 거듭해 각종 대형서점 베스트셀러 반열에 올랐다. 한밤중에 방송에서 이 책을 들고 나타난 승관 님, 그런 장면을 보고 선뜻 책을 선택해주신 세븐틴 팬 '캐럿' 분들께 감사한 마음을 꾸준히 상기하는 중이다.

『돌아오는 새벽은 아무런 답이 아니다』역시 처음에 독립출판물로 존재했고 연정 작가님 책과 비슷한 방식으로 출간을 진행했다. 이 책은 책봄에서 만났는데, 사실 작가님께 처음 정식 출간을 제안드렸을 때는 거절의 답을 주셨다. 분명히 더 많은 사람들의 사랑을 받을 수 있는 글이었는데도 작가님은 스스로를 과소평가하셨고 결국, 제작 논의조차 시작하지 못했다. 그러다 계절이 몇 번 더 바뀌고 나서, 이번엔 작가님께서 먼저 손을 뻗어주신 덕분에 조심스럽게 시작할 수 있었다.

한 작가의 글을 읽고 직접 다가간다는 건 그만큼 잘 편집하고 잘 팔 수 있다는 자신감도 묻어있었다. 결론적으로『돌아오는 새벽은 아무런 답이 아니다』는 예스24의 팟캐스트 '책읽아웃'에 출연하는 것과 더불어 한국문화예술위원회의 문학나눔 도서로 선정되기까지 했다. 국내 발간 도서 중 우수작을 선정해 한국문예위가 지정한 전국 기관에 납품하는 사업, 쉽게 말해 '지금 우리에게 필요한 책'을 분야별로 선정하는 과정에『돌아오는 새벽은 아무런 답이 아니다』가 이름을 올린 것이다.

이러한 성과에 대해 출판사의 탁월한 안목 덕분이라 하는 건 한국 경제 성장이 본인 덕이라는 이명박만큼 염치없다. 동네 서점과 작가, 그리고 그 문화를 존중하고 사랑하는 독자가 없었다면 아무것도 이루지 못했을 일들이다. 또한,

독립출판이라는 자유로운 환경이 없어서 연정 작가님과 진서하 작가님이 각자의 생업에만 집중해 살아왔다면 『내일은 내일의 해가 뜨겠지만 오늘 밤은 어떡하나요』와 『돌아오는 새벽은 아무런 답이 아니다』는 세상에 나올 수 있었을까?

지금도 어딘가로 소중한 원고를 보내거나 자기만의 책을 만드는 창작자들이 많다. 코로나 확산 이후 홀로 고민할 시간이 많아지면서 점점 늘어나는 것 같다. 대형 출판사나 대형 서점이 미처 알아보지 못한 보물은 이럴 때 더 잘 발견될 것이다. 그러니 동네 서점, 그리고 그 동네 서점에서 자기만의 작품 세계를 펼치고 있는 작가님들을 우리는 계속해서 더 주목해야 할 필요가 있다.

# 책 한 권과 파이 나누기

-------------------------

현실적인 이야기를 마침내 꺼내야 할 때가 됐다. 그래서, 글쓰기의 기쁨을 만끽하는 그 출판사 일은 과연 돈벌이의 기쁨도 안겨주느냐? 결론부터 말하자면 아니다. 그러나 삶의 가치를 어디에 두느냐에 따라 돈벌이의 기쁨이 될 수도 있고 슬픔이 될 수도 있다. 유명 자기계발서처럼 어디 갖다 붙여도 적용되는 말 같아 신뢰할 수 없겠지만, 정말이다. 어떻게 가능한지 설명하기 전에 출판계의 기이한 돈 구조부터 이야기해보려 한다.

    어디든 돈 이야기를 많이 꺼리는 것 같다. 일반 기업의 경우 내 옆자리 동료가 이번에 나보다 성과급을 얼마나 더 받았는지, 저 팀장은 나보다 얼마를 더 받는지, 나와 똑같은 직급에 똑같은 업무를 하는데 성별이 다르다는 이유로 더 받고 덜 받는 동료가 있는지 등 투명하게 공개하는 게 정말 그렇게 잘못된 일일까.

출판 관련 일도 마찬가지다. 이번에 저 작가님께 인세가 얼마나 돌아갔는지, 추천사 원고료는 얼마를 받아 갔는지, 베스트셀러 작가는 얼마나 벌었는지 등이 밝혀지는 게 마치 문학계의 순수성(누구의 기준에서 순수인지 모르겠지만)을 깨트리는 일처럼 여겨지고 있다.

돈 이야기는 전혀 부끄러운 것이 아니다. 돈 이야기를 덮어두면 덮어둘수록 누군가는 같은 글을 쓰고도 10만 원 덜 받아 가고, 누군가는 1년 내내 평론을 쓰는데도 원고료 한 번 제대로 받아 가지 못하는 사태가 발생한다. 작가들에게 당당하게 요구하라 할 것이 아니라 작가들이 당당히 요구할 수 있는 환경부터 출판계, 넓게는 문학계 전체가 만들어가야 한다. 그런 점에서 나는 돈 이야기를 세상에서 가장 좋아한다. 수익성에 대해 솔직하게 말하고, 출판계 수익 구조가 어떤지 많은 사람들이 알면 좋겠다. 많이 알수록 이상하다고 지적하는 사람들도 늘어날 거라 믿기 때문이다.

수익 구조는 출판사마다 다르겠지만 대개 저자가 책 정가의 10%를 인세로 받는다. 계산하기 쉽게 1만 원짜리 책이 있다고 하면 한 권 팔릴 때 작가는 1천 원을 받는 것이다. 그러니 1만 부 판매된 작가는 1천만 원의 수익을, 10만 부 판매된 작가는 1억의 수익을 가져가야 한다. 하지만 실제로 이렇게 받아 가지 못하는 경우가 더 많다. 이유는 출판 업계에 제대로 된 전산

유통망이 없기 때문이다. 교보문고, 예스24, 알라딘과 같은 초대형 서점은 그나마 정확하게 추산할 수 있다. 오늘은 10권, 어제는 20권 식으로 어느 지점에서 얼마나 판매됐는지 데이터로 확인 가능하다.

이와 달리 총판이라 해서 도서 도매 시장으로 책이 넘어가면 우스갯소리로 대한민국 누구도 책이 얼마나 팔렸는지 모른다. 지역 서점은 총판에서 책을 주문하는 경우가 많은데, 만약 어떤 신간을 1권만 주문했다 치자. 그럼 출판사에게 1권만큼의 가격이 입금될까? 아니다. 주문한 1권이 팔린 후 그 책을 같은 서점에서 재주문할 때 돼서야 총판은 출판사에게 판매 현황을 보고한다. 정말 이상하지만 오래전부터 이랬다는 이유로 개선될 기미가 보이지 않는다. 예컨대 청과 도매시장처럼 일정 수량에 대한 일정 가격 지불이라는 거래 기본 조건이 적용되지 않는 것이다.

이러니 책이 얼마나 판매됐는지 확실히 알 수 없는 출판사는 작가에게 정확한 인세를 주기 어렵고, 이 상황이 고착화되어 작가 인세를 횡령하는 나쁜 출판사까지 성행할 수 있는 것이다. 이에 발코니 출판사는 2020년부터 총판으로 넘어가는 도서는 작가님께 선인세를 드리고 있다. 1천 부를 인쇄하면 1천 부 만큼의 돈을, 2천 부를 인쇄하면 2천 부 만큼의 돈을 미리 다 입금하는 것이다. 이런 방식을 취한다고 해서 문제가 해결되는 건 아니다. 출판사에서 1천 부 찍었다 말해놓고 실제로는 몰래 2천 부를 찍었을 수도 있고, 정확히 집계된 서점 판매량도 출판사에서 보여주지 않는 이상 작가는 알 방법이 없다. 그래서 출판사와 작가 모두가 투명하게 확인할 수 있는 출판유통시스템이 필요하다. 돈과 관련된 사안은 깨끗하게 밝혀질수록 억울한 사람이 생기지 않는다.

이쯤 설명하면 작가 인세에 대해 의문이 들 것이다. 책을 쓴 사람에게 어떻게 10%밖에(심지어 이것도 안 주는 출판사도 있다!) 안 줄 수 있냐고 물을 수 있다. 나 역시 출판사를 하기 전엔 10%는 너무한 것 아니냐는 입장이었다. 이 인세에 대해 변명하려면 출판계 돈 구조에 대한 설명 역시 필요하다.

다시 쉬운 계산을 위해 정가 1만 원의 책을 가정하고 권당 단가를 계산해보자. 일단 서점 수수료로 30~40%가 빠진다. 이어 제작비(인쇄 및 제본) 20%를 제한다. 여기까지만 해도 책값의 과반이 사라진다. 이어 물류유통비와 창고비 등을 합해 5~10%를 책정하고 작가님 인세 10%까지 최종 공제하면 출판사 손엔 20~35의 금액이 쥐어진다. 1권당 평균 2,750원이 남는 셈이다. 이제 이 책을 1천 부 팔면 2,750,000원이 남고 여기서 제작자 인건비, 외주 디자인비, 사무실 임대료나 부대 비용을 해결해야 한다. 책 정가를 15,000원으로 올려도 4백만 원이 조금 넘는 수준이다.

이것도 1천 부를 남김 없이 전부 다 판매했을 때 기준이다. 한 달에 책을 1천 부 이상 판매할 수 있는 1인 출판사는 대한민국에 과연 몇이나 될까. 그렇다고 해서 작가님 인세를 줄일 수도 없는 일이니 대부분의 1인 출판사는 개인 인건비를 포기하고 자택을 출판 사무실로 등록한다. 물론 그 자택도 월세나 전세가 아니어야 실질적인 부대 비용이 줄어들겠지만.

당당하게 말할 수 있다. 이런 돈 구조에서 가장 먼저 개선돼야 할 점은 '대형 서점 수수료'다. 동네 서점에 지불하는 수수료는 충분히 이해한다. 하루에 한 권만 파는 곳이 수두룩하고, 어떤 독립 서점은 종일 손님이 가득해도 다들 관광용 사진만 찍을 뿐 판매된 책은 정작 10권이 안 될 때도 있다. 그런 서점들이 유지되려면 책 한 권을 팔아서 남기는 금액이 충분해야 한다. 그래야 작은 출판사도, 독립출판 작가도 오래오래 상생할 수 있다. 그런데 아무리 좋게 생각해도 대형 서점의 수수료는 잘 이해되지 않는다. 동네 서점이 30%의 수수료를 가지고 갈 때 대형 서점은 35~40%, 총판은 50%까지 가져가기도 한다. 하루에 수십 권, 아니 수백, 수천 권까지 팔 수 있는 곳들이 동네 서점보다 수수료를 많이 가져간다는 게 상식적이라 할 수 있을까. 가장 황당한 건 오프라인 대형 서점에서 손님들께 '편히 읽어보시라' 제공하는 그 책들이 훼손되면 모두 출판사로 반품이 들어온다는 사실이다. 아무런 금전적 책임도 지지 않으면서 '현대인의 쉼터'를 자처하는 건 너무하지 않나.

이러한 지적을 꺼내면 반드시 돌아오는 주장이 대형 서점의 '낮은 영업 이익률'이다. 하지만 대형 서점의 영업 이익률이 낮은 건 서점을 책 파는 공간보다는 휴식처 역할을 더 크게 만든 데 대한 부대 비용 때문 아닐까. 대형 서점은 비단 도서 판매

수수료뿐만 아니라 적게는 몇십만 원부터 많게는 몇백만 원에 이르는 광고비도 벌어들이고 있다. 심지어 돈만 있다고 바로 할 수도 없고 번호표 받고 대기해야 할 정도로 광고 의뢰 출판사가 넘쳐난다. 그런데도 영업 이익률이 낮다면 이는 도서 특성의 문제라기보다는 운영의 문제가 더 크다는 뜻이다.

대형 서점은 이제 문화 공간이기 전에 단순 판매처가 돼야 한다고 생각한다. 문화 공간, 쉼터의 역할은 골목 곳곳에 있는 동네 서점이 수행할 수 있도록 흐름을 바꿔야 한다. 대형 서점이 책임 비용 없이 책 열람을 마음껏 허락하고 자본과 사람 모두 빨아들일수록 지역 골목의 서점들은 사라질 수밖에 없다. 동네 서점들은 샘플북 한 권 출판사에게 부탁하기 조심스러워 하고, 손님의 실수로 찢어지거나 오물이라도 묻으면 어떻게든 수습하다가 연신 죄송하다는 말과 함께 교체를 요청한다. 대형 서점이 '반품' 버튼을 누르고 출판사 창고로 망설임 없이 훼손된 책을 돌려보낼 때, 왜 같은 서점이면서 규모가 비교적 작다는 이유로 동네 서점만 갖은 마음고생을 해야 할까.

지금보다 더 많은 동네 서점이 더 작은 도시에 계속 생겨나도록, 지역민의 문화 교류 공간이 될 수 있도록 도서 시장 분위기를 바꿔야 한다. 당연히 대형 서점이 제공하는 그 안락함과 '대기업스러운' 시스템은 없겠지만, 우리 동네 정서를 가장 내밀하게 아는 곳이 결국 우리의 문화적 욕구를 가장 잘 채워줄 수밖에 없을 것이다.

이런 환경에서 출판사 운영자로서 돈벌이의 기쁨을 느끼기엔 녹록지 않다. 하지만 앞서 말했듯이 삶의 가치를 어디에 두느냐에 따라 기쁨의 크기는 달라진다. 모든 1인 출판사가 다 그런 건 아니겠지만, 책을 만들어서 판매할 때와 보통의 공산품을 만들어서 판매할 때 느끼는 차이가 크다. 책은 유튜브 클립처럼 10~20분 안에 승부 보는 콘텐츠가 아니다. 오랜 시간을 들여야 하고 편안함보다는 집중력을 요구하는 미디어다. 또한, 구매 시 돈을 지불하는 것도 모자라 종이책의 경우 내 집에 자리 잡을 공간까지 내어줘야 하는 까다로운 물건이다. 이런 물건을 구매하는 것과 더불어 소셜미디어에 책 인증이나 간략한 평까지 남겨주시는 독자님들이 있다. 그런 독자님들을 마주칠 때마다 돈벌이의 기쁨을 온전히 느낀다. 수백, 수천만 원을 벌어들인 건 아니지만 누군가의 삶에 개입했다는 사실 하나만으로도 돈벌이의 기쁨은 다 이뤘다고 생각한다. 만약 단순히 돈의 액수가 크길 바랐다면 이 직업 자체를 선택하지 않았을 것이다.

독자와의 연결을 생각하면 역시나 『돌아오는 새벽은 아무런 답이 아니다』를 빼놓을 수 없겠다. 이 책이 책읽아웃에 소개될 수 있었던 건 당연히 작가님의 글이 좋았던 이유도 있지만, 작가님의 독자 중 한 분인 '박소정' 님의 영향이 컸다. 당시 책읽아웃의 오랜 팬이었던 박소정 님께서 이 책이 출간되자마자 책읽아웃 제작진 쪽에 선물했다고 한다. 아주 오래전 동네 서점 책봄에서 이 책의 독립출판물 버전을 만났고, 그 독립출판물이 발코니

출판사와 만나 새로운 모습으로 우리 앞에 나타났다며 친절히
책읽아웃에 소개해주셨다. 이에 제작진 쪽에서도『돌아오는
새벽은 아무런 답이 아니다』를 본격 방송했고, 오은 시인님의 독서
인증 게시물에, 신연선 작가님의 사랑 가득한 소개까지 난리도
그런 난리가 없었다. 이것만 봐도 '동네 서점-동네 작가-독자'라는
연결고리가 출판 문화에 얼마나 중요한지 알 수 있다.

　　이런 경험들은 단순히 '잘 팔릴 수 있는 책'만 만들어서는 얻을
수 없는 기쁨이다. 만약 지금 이 책을 읽는 누군가가 자기만의
출판사를 꿈꾸고 있다면 꼭 말씀드리고 싶다. 돈의 액수를 넘어선
기쁨이 삶에서 더 중요하다면, 나의 글이나 작품이 누군가의 삶에
스며들길 바란다면, 당신이 출판이나 집필을 시작해야 할 적기는
바로 지금이라고 말이다.

# 오래도록 사랑할 일
----------------------

출판사 운영이 어느 정도 손에 익으니 하루의 흐름도 일정 부분
굳어진다. 패턴은 안정화 돼 있지만 해야 할 일은 계속 계속
쌓여만 간다. 출판사를 본격적으로 운영하기 전에는 이토록
바빠질 줄 몰랐다. 사실 나는 1인 출판사에 대한 환상이 있었다.

환상이라 하면 대충 이렇다. 오전 10시쯤 슬그머니 일어나서
커피 한 잔을 내리고, 출간 예정인 원고를 검토하고, 적당한 교정이
끝나면 널찍한 책상에 앉아 디자인하는 일상. 머리가 아플 땐
잠시 일을 접어둔 채 사무실 주변을 산책하며 동네 고양이 밥도
챙겨주고, 갑자기 걸려온 전화를 받아보니 책 디자인 외주를
맡기는 클라이언트들이고, 요즘 일이 너무 바빠 맡지 못한다며
죄송하다 전하는 그런 말도 안 되는 상상이었다. 적게 일하고

많이 버는 삶을 꿈꿨으나, 많이 일하고 적게 버는 현실을 건너는 중이다.

아마 출판업을 겪어보지 않았거나 본격적으로 막 시작한 분들 역시 위와 비슷한 상상을 하지 않을까 한다. ISBN이 없는 독립출판물까지 10종 정도 출간했을 때, 독립출판 현실에 대해 이야기하고 촬영하는 자리가 있었다. 그때 패널 중 한 분이 출판사 개업 반년 차였는데, 내 생활 패턴을 듣더니 걱정스러운 얼굴로 여쭤보셨다.

"저 그럼 10종 넘게 출간해도 여유롭게 살 순 없는 건가요?"
"네. 10종 넘어가면 1종 추가될 때마다 2배씩 바쁜 거 같아요."

잠깐 절망하시던 그분의 얼굴을 아직도 잊을 수 없다. 그때 이후로 신간 소식이 없는 걸 보니, 아마도 출판보다 더 행복한 길로 떠나시지 않았을까.

같은 직종의 회사원이라도 세부적인 업무는 다르듯이, 1인 출판사도 각자의 업무 패턴이 다르다. 나 같은 경우 일단 오전엔 글을 다룬다. 기고 요청에 따라 써야 할 글, 출간을 앞두고 있는 개인 저서 등 하루에 쓸 양을 정해놓고 오전 시간에 최대한 할당량을 채운다. 그렇게 채우다 보면 대형 서점과 총판에서 책 주문이 들어온다. 지금 이 책을 읽는 여러분께서 어제 주문한 내역들이다. 각 서점과 총판 주문량을 확인하고 배본사에 발송 요청을 보낸다. 배본사는 쉽게 말해 출판사의 유통을 담당하는 창고다. 도서 총알배송, 하루배송, 24시간 내 배송 등이 가능한 이유는 대형 서점 본사와 배본 단지가 가깝기 때문이다. 오전 11시 전에 출판사에서 배본사로 주문을 넣으면 곧바로 대형 서점 본사로 배달되고, 배달된 도서가 포장돼 대형 서점 택배 시스템으로 들어간다.

오후에는 진행 중인 프로젝트에 집중한다. 큰 프로젝트는 주로 3개 정도를 맞물리게 진행하고 있다. 출간 직전인 도서 편집, 도서 외주 디자인, 개인 강습, 텀블벅 펀딩 기획 등 다양한 분류의 프로젝트가 있다. 이것들을 한 번에 하나씩 진행할 수도 있지만, 그랬다간 속된 말로 밥줄이 끊긴다. 대부분의 프리랜서들이 비슷하겠지만, 회사처럼 정해진 업무량이 없으면 스스로 일을 만들어가야 한다. 일이 끊긴다는 건 수입원이 줄어드는 것이고 이는 곧 내 지갑으로 들어올 돈이 없어진다는 뜻과 같다. 1인 출판사를 운영한다는 건 해볼 만 한 일을 찾아내고, 그 일을 프로젝트로 만들어서 성공이든 실패든 계속 시도해야 함을 뜻한다. 어떤 것이 성공하고 어떤 것이 실패할지 모르니 프로젝트들이 맞물리도록, 적어도 3개는 굴릴 수 있어야 수익이 그나마 안정화된다.

그렇게 굵직한 프로젝트 업무를 손보고 자투리 시간을 활용해 각종 지원 사업 신청서를 쓰고, 계산서 발행이나 작가님 인세 지급 내역 정리 등 회계 업무도 마무리한다. 여기까지 해서 끝나면 좋겠지만 소셜미디어 관리도 필수다. 정말 바빠서 1초가 아까울 정도일 때는 5일에 하나씩 게시물을 올리지만, 평소엔 적어도 이틀에 하나씩은 올리려 노력 중이다. 이것도 출판사라서 조금 여유롭지, 오프라인 매장을 운영하는 독립서점이라면 매일 올려야 팔로워가 줄지 않는다. 솔직히 1인 출판사나 독립서점이나 일하는 양만 보면 삼성전자 상무 월급은 받아야 할 것 같다(욕심인 거 아니까 그냥 넘어가 줘요).

눈코 뜰 새 없이 바쁜 하루지만, 출판사를 처음 차렸을 땐 할 일이 너무 없었다. 이 시장이 돌아가는 구조도 모르고 정부 공모 사업이나 지자체 공모 사업 등도 전혀 몰랐다. 그러니 하루에 서너 시간만 일해도 많이 일한 편이고, 서두에 말한 것처럼 진짜 산책을 다녀보기까지 했다. 지금 그때를 돌이켜보면 답답해서 나 자신에게 꿀밤을 먹여주고 싶은데 뭐 사람 일이 다 그런 것 아닐까. 누가 옆에서 알려주고 가르쳐줘도 스스로 깨달을 때까지는 움직이지 않는다. 미래에서 온 내가 과거의 나를 다그쳐봤자, 과거의 나는 미래의 나를 시끄럽고 불쾌한 한남으로만 볼 게 뻔하다.

출판업에 발 담가 보지도 않았던 나는 모든 일에 직접 부딪히며 알아가야 했다. 1인 출판사들이 모인 온라인 커뮤니티가 있긴 했지만, 그곳에 게재된 정보도 100% 정확하진 않았다. 예를 들어, ISBN이 발급되지 않은 독립출판물은 과세 품목인지 면세 품목인지에 대한 주장도 각자가 달랐고, 작가 인세를 지급할 때

원천세를 3.3% 떼어야 하는지 8.8% 떼어야 하는지도 불분명했다. 그러니 일단 모든 걸 시도해보고 틀리면 그때그때 고쳐나가는 방식을 택했다. 이에 따른 기회비용이 지금 생각하면 너무나 아깝지만, 어쩔 수 없었다. 나는 내 레퍼런스와 가이드라인을 직접 걸어 나가면서 만들어야 했다. 그 비용이라 생각하면 아까운 마음이 조금은 덜하다.

1인 출판사는 정말 혼자 다 해내야 한다. 편집, 디자인, 유통, 홍보, 거기다 내 책을 내야 하면 집필도 맡아야 한다. 당연히 외부 디자이너나 편집자에게 일을 따로 의뢰할 수도 있다. 하지만 제작비를 최대한 아끼려면 출판사 운영자가 다 할 줄 아는 게 낫다. 이에 나도 그냥 하나의 공장처럼 '나를 거치면 반드시 책이 된다'는 마음으로 일하고 있다. 지금 이 책은 다행히도 지자체 공모 사업으로 만들어지기에 편집 외주를 맡길 수 있게 됐다. 유능한 편집자(책 뒷면 서지 정보 '편집' 담당 참조)께서 봐주고 있기에 그나마 한숨 덜어냈다. 내 원고만 아니면 발코니 출판사의 모든 원고는 직접 편집하고 있다.

편집 작업은 항상 긴장되는 과정이다. 1에서 100까지 알아서 해달라는 작가님이 있고, 본인 글에 토씨 하나라도 건드리는 걸 괴로워하는 작가님이 있다. 후자의 경우 편집자의 역할이 정말 중요하다. 자신의 글이 이리저리 뒤바뀌는 게 괴로운 작가님은 그만큼 스스로에게 확신이 있고 자신도 있다는 뜻이다. 이런 작가님에게 '편집자 의견'을 무조건 강요할 게 아니라 왜 이런 방향이 '책'이라는 물성에 어울리는지 잘 설명해야 한다. 간혹 신인 작가들에게 "네가 뭘 몰라서 그렇다"는 식으로 윽박지르는 편집자가 있다고 들었다. 그런 편집을 거쳐봤자 그 책을 사랑하게 되는 건 작가도, 독자도 아닌 편집자 혼자일 뿐이다.

디자인은 다양한 방식을 시도하고 연습할수록 더 좋은 결과가 나온다. 발코니 출판사의 첫 책 『부전승 인생』도 첫 디자인이었던 만큼 미숙한 부분이 많고, 아쉬운 지점이 계속 보이는 책이다. 최근 출간된 『돌아오는 새벽은 아무런 답이 아니다』와 비교하면 같은 사람이 만든 게 맞나 싶을 정도다. 그럼에도 『부전승 인생』이 부끄럽거나 감추고 싶지는 않다. 처음이 아쉬울수록 지금 내가 더 발전했다는 뜻일 테니 말이다. 『돌아오는 새벽은 아무런 답이 아니다』에도 이 마음을 잘 대변하는 문구가 나온다.

> 한 걸음 나아가야만 뒤돌아볼 수 있다. 뒤돌아봐서야 부끄러울 수 있다. 부끄러움은 어쩌면, 과거에서 걸어 나와 성장한 사람만의 특권이다. 그러니 나는 이 부끄러움을 기꺼이 안고 다시 앞으로 가려 한다. 오늘의 확신도 언젠가는 부끄러워질 수 있기를 바라는 지금이 꽤 마음에 든다.*

---

* 『돌아오는 새벽은 아무런 답이 아니다』 진서하, 발코니(2021), 8p

어쨌든 나와 발코니 출판사는 지금 부끄러움이라는 특권을 잘 누리면서 성장하고 있다. 글쓰기의 기쁨에 더해, 이제는 돈벌이의 기쁨까지 만끽하려는 중이다. 비록 누구나 수긍할 정도로 많은 돈을 거둬들이진 못하지만 그래도 내가 가장 행복하게 할 수 있는 일, 내가 가장 행복하게 쓸 수 있는 글에 돈이 따라붙으니 매사 감사하다. 이것도 사랑이라면 사랑이지 않을까. 그래서 잘 버티고 있나 보다. 나는 내 일을 오래도록 사랑할 것 같다.

앞으로 이 책은 어디까지 뻗어 나가게 될까. 부디 여러분의 손에 이어 여러분이 가장 사랑하는 분들에게도 닿길 바란다.

마지막으로, 오래 전 한 책방을 통해 독자들께 남겼던 쪽지 중 한 문장을 다시 꺼내어 이 책의 마지막 문장으로 남긴다. 어쩌면 우리 모두의 이야기가 될 〈일의 자리〉 시리즈는 이제 막 시작됐다.


사랑은 유치한 것이라 말하는 세상임에도 불구하고,

여전히 사랑으로 버티는 사람들에게 이 책을 전합니다.

# [주의] 이 초콜릿에는 위스키가 들어있습니다

------------------------------------------------

요즘 유행한다는 단짠단짠이 아닌 단쓸단쓸의 맛을 느끼고 싶은 분이라면 주저 없이 이 책을 한 입 베어 무시길.

누군가의 주관을 한 시간 넘는 동안 내리 듣는 일은 어쩌면 가학일지도 모르겠습니다. 처음 영화가 나오기 시작했을 때 이런 말들이 돌았다는 것처럼 말입니다.

'아무도 제자리에 오랫동안 앉아서 화면만 처다보고 싶어 하지 않을 것이다.'

하지만 영화산업은 발달하고 발달해서 우리는 평균 2시간의 러닝타임을 즐기고 있습니다. 책을 읽는 일도 그렇습니다. 대개 한 사람의 이야기로 진행되는 몇 시간의 러닝타임을 우리는 기꺼이 감수합니다. 이러한 우리에게 글로 생각을 나누는 장은 생기고 또 생겨도 모자란다고 생각합니다.

　글을 쓰는 일은 끊임없이 고쳐 쓰는 과정을 암시합니다. 세상을 살아가는 일이 넘어지고 일어나는 과정의 연속인 것처럼요. 글 속에서 어디가 잘못됐는지 빨간 색연필을 쥐고 V자로 체크하듯 우리는 부당한 세상에게, 옳지 못한 어른에게, 나답지 못했던 나에게 틀렸다는 걸 알려줄 색연필이 필요합니다. 이 책은 그 색연필을 언제 어떻게 써왔는지 보여줍니다.

　『몇 줄의 문장과 몇 푼의 돈』은 희석 작가가 지나온 '글의 역사'라 불러도 좋을 것 같습니다. 글쓰기를 업으로 삼은 사람이 어떤 시간들을 보내왔는지를 읽는 과정은 꽤나 흥미롭고 고단했습니다. 고단했다는 말이 적절한 표현인지를 잠시 고민했지만, 역시나 더 나은 단어를 찾지 못했습니다. 레벨 1부터 레벨 4(까지 꼭 읽으세요!)로 이어지는 고백 속엔 불편한 진실들도, 누구나 아는 사실들도 있습니다. 하지만 이 책을 읽으면서 제가 가장 강하게 떠올린 것은, 우리 모두가 '글'에 대해 고민하고 부딪히며 각자의 세계를 만들어왔을 거라는 점입니다. 일기를 쓰든, 숙제를 하든, 책을 읽으며 생각 정리를 하든 우리는 각자의 언어로 마음들을 쌓아왔을 것입니다. 책 서두에 있듯이 글을 잘 쓴다고 해서 더 똑똑한 사람이 되는 것도 아니고, 그저 활자로 생각을 표현하는 데에 더 익숙할 뿐입니다. 글을 종이에 써왔든, 생각으로 써왔든, 마음에 써왔든, 우리가 살아오면서 쌓아온 시간의 결과물들은 이 세상의 누적 인구수만큼 쌓여있을 것입니다.

그럼 우린 어떻게 각자의 이야기를 나눌 수 있을까요? 저는 감히 이 시리즈를 통해 서로의 생각을 나눌 수 있을 거라고 말하고 싶습니다. 이 책을 읽으면서 저는 더 많은 작가님들의 이야기가 궁금해졌습니다. 두 시간짜리 라디오를 들으며 공감하고 웃고 울며 문자 메시지로 사연을 보내듯이, 서로의 글은 서로에게 추억과 공감과 위로가 될 것이라 생각합니다.

저는 친구의 음악 플레이리스트를 듣고 그중에 마음에 드는 곡을 찾아 제 플레이리스트에 추가하는 일을 매우 좋아합니다. 한 사람의 취향의 역사를 공유하는 일이라고 생각해서입니다. 이 시리즈는 어쩌면 그러한 행위의 반복이라고 볼 수도 있겠습니다.

글에 대한 서로의 역사를 쓰고 또 읽으며, 서로의 글을 이해해가는 과정은 어쩌면 우리의 역사를 만들어가는 일일지도 모릅니다. '우리의 역사'를 위해 이 시리즈의 문을 열어주신 작가님께 힘찬 함성과 박수를!(특히 괄호 안의 말들이 너무 웃겨요.)

모든 감정을 이겨내고 이렇게 한 권의 책을 내신 작가님께 존경의 마음을 담아, 최하솜 씀.

최하솜(작가이자 발코니 출판사의 성장을 지켜보는 독자)

집필 당시의 책상에서

글 써서 담기
예. 수능기자로 올리기

## 마음의 상소문

이유로 글을 쓴다. 복잡한 감정을 상세히 남기고 싶을 때, 고민을 글로 정리해서 읽어
화가 날 때 등 글을 쓰고 싶은 순간은 사람마다 다르다. 나에게 그 순간은 대개 윤화문
일이다. '윤화'는 마음속이 답답해 일어나는 화를 못하는데, 이 윤화문을 마음에 담고 글을 쓴 씨요
했고 수업이 시작되자마자 졸음이 밀려왔다. 그는 지금과 다르게 또래보다 키가 뭐가 없기에 교실
는 선생님 목소리를 벗삼아 소음 삼아 꾸벅꾸벅 졸기 시작했다. 그러다 갑자기,
애.'
내 교실 앞으로 나가라며 선생님은 회초리를 들었다. 설발이 용인되면 시기였기에 나는 당연
앞으로 내밀었다.

**몇 줄의 문장과 몇 푼의 돈**

초판 1쇄        2021년 10월 25일

지은이        희석
편집          진서하
디자인        희석

펴낸곳        발코니
전자우편       heehee@balconybook.com
인스타그램      @balcony_book

ISBN         979-11-973236-2-1 (04810)
값           12,900원